愛夜一夜

捧げられたウェディング

麻生ミカリ

white heart

講談社X文庫

目次

イラストレーション／天野ちぎり

愛夜一夜

捧げられたウェディング

序章　極彩色の翼を広げて

白い天幕の下には、一夜の夢が鏤《ちりば》められている。

目尻《めじり》に赤や青の華やかな化粧を施した踊り子がラバーブの艶美《えんび》な調べに舞い、奇術を得意とする青年は大きな金色の輪を両手に口上を述べる。動物使いの老人がしわの刻まれた右手に鞭《むち》を握り、座長であり国一番のラバーブ奏者であるイムラーンが全体を見回した。

幼いころから養父のイムラーンに連れられて一座で旅をしてきたライラは、誇らしげな父を青い瞳《ひとみ》で見つめていた。

砂漠の民とは異なる黒い直毛に赤子のような白肌。先日初めて客前に立ったばかりの少女は、金色《こんじき》の鈴を足首につけた踊り子装束だというのに、舞台の上ではなく客席の最後部に立っている。

本来ならば今夜の演目にもライラの舞が予定されていたのだが、王族も参加する特別な宴《うたげ》だから異国の娘は出さないようにと直前にお達しがあった。

大人の踊り子たちと遜色《そんしょく》ない、それどころか誰よりも魅力的に踊ることのできるライラを、一座の仲間たちは外見で差別したりはしない。生まれてすぐに養父のイムラーンに拾われて以来、ずっと一座で暮らしてきた。狭い世界ではライラの異質な容姿も受け入れられているが、浅黒い肌の砂漠の民から奇異の目で見られることを思い知らされる。

――ああ、次はルゥルゥの番ね。

鮮やかな朱金の踊り子装束をまとった女性が客前に立つと、美酒に酔いしれる客席から感嘆のため息がこぼれた。

豊満な肉体を惜しげも無く見せつけて、踊り子は優雅に舞いはじめる。

ライラはそれを尻目に、そっと天幕を抜けだした。

夜空には赤い満月が嘲笑《あざわら》うように輝き、夜の静寂《しじま》をぬってどこからか野犬の遠吠《とおぼ》えが聞こえてくる。

赤月に照らされたライラの肌は抜けるように白く、背におろしたままの黒髪はくせひとつなくまっすぐで、今宵《こよい》の宴に集まった人々とあからさまに違い過ぎた。

「どうしてわたしだけ、みんなと違うのかしら……」

幼いころから幾度となく繰り返した問いには答えなどない。ただ、違っている。自分だけが異端なのだと何度も何度も思い知る。そのたびに、ライラは孤独と寂寥《せきりょう》に胸を痛めてきた。

少女は目尻に浮かんだ涙を指先で拭《ぬぐ》うと、とぼとぼと赤い月明かりの下を歩き出す。目的地があるわけでもなく、かといって逃げ出したいわけでもなく、ただ天幕の中の夢世界では自分だけが排除された気がしていたたまれなかった。

不意に遠吠えとは異なる、か細く高い鳴き声が耳を打つ。チチチ、と聞こえたそれは小鳥の声のようでもあるが、こんな夜更けに鳥がいるものだろうか。夜目のきかない鳥類の大半は暗がりを好まない。夜に啼《な》く鳥は肉食の険しい性質のものが多いとも教わった。

しかし、ライラは鳴き声のするほうへ歩を進めた。その声は弱々しく、今にも消えてしまいそうな儚《はかな》い響きで彼女の心に沁《し》み入る。

ほどなく声の主と思《おぼ》しき小鳥が兎《うさぎ》用の罠《わな》にかかっているのを見つけ、ライラは近くまで駆け寄った。このまま放っておけば野犬の餌《えさ》になるか、怪我のせいで死んでしまうかもしれない。月明かりにも見目麗しい極彩色の小鳥は、土の上に羽を閉じてぐったりと身を横たえている。時折、小さな嘴《くちばし》がわなないて消え入りそうな声をあげるばかりだ。

「だいじょうぶよ。わたしが助けてあげるから……」

硬い金属の罠を両手で押し広げると、尖《とが》った歯が指に食い込む。やわらかな肌に傷がつくのも厭《いと》わず、ライラは渾身《こんしん》の力を指先に込めた。

「……っ……」

何度か試みて、やっと小鳥が足を抜けるほどの隙間《すきま》ができる。美しい羽が揺らぎ、素早く罠から抜けだした小鳥の姿を確認してからライラは息を吐いた。

細い指先は血まみれになり、爪《つめ》も割れている。けれど痛みよりも、小鳥が無事かが気になった。南国の色彩に包まれた小鳥は、飛び立つ体力もないのかその場にとどまり、小首を傾《かし》げてチチ、チ、と声をあげる。

「足は平気？　天幕に戻れば塗り薬もあると思うのだけど……」

血に濡《ぬ》れた手を軽く拭うと、ライラはそっと小鳥の前に人差し指を差し出した。見たこともない姿の鳥だった。これほどまでに美しい色調の羽など、一座で旅をしてきたライラですら見たことがない。

黒い澄んだ瞳がライラを見上げる。

何かを問いかけるような眼差《まなざ》しに、彼女は小鳥を安心させようとふんわり微笑《ほほえ》んだ。

「あなたを傷つけるつもりなんてないわ。薬がいやなら、傷口をきれいな水で洗うだけでもいいの。ね、一緒に行きましょう」

言葉が通じないのは承知の上だった。

ライラの指先を訝《いぶか》しむように嘴で軽くつついて、小鳥がひょこひょこと足を引きずりながら手のひらに身を委ねる。なんと賢い鳥だろうか。ライラは驚きに目を大きく見開いた。

自分の手指が傷だらけなのも忘れて手当てを終えるころには、不思議な色の羽よりもいっそう不思議なことにライラは小鳥が自分の言っていることを理解しているような気持ちになっていた。

始まりは赤い月の夜。

傷口に薬を塗布された小鳥は、夜空に翼を広げて去っていく。極彩色の羽は、赤月の下で夢のようにきらめいた。

「もう罠にかからないようにするのよ」

小鳥を見送るライラは、切り傷でひりつく手を大きく振った。

どんなに優しい人たちに囲まれていても、不意に感じる疎外感は拭えない。けれど自分を慈しんでくれる養父に悲しい顔を見せたくはなかった。だからいつも、自分が異端であることから目をそらしていたけれど——。

あの小鳥はほかのどんな鳥とも違っていて、だからって自分を卑下したりしなかった。美しい翼を広げて飛び去る姿がいつまでもライラの心に焼きついていた。

それは今から数年前、まだライラが十五にもならないころの出来事だった。

第一章　因果は音もなく廻《まわ》る

天に向かって葉を広げる木々に囲まれた空《から》の泉を見て、彼はため息をつきそうになる。従来ならば地下水が湧《わ》き上がり、澄んだ淡水をたたえていた泉は、いまや見る影もない。あたりに並ぶ樹木も、よく見れば葉の緑色は濁り、細くなった先端は月日を経た紙のようにかさついている。

ラクダの背に跨《また》がって、彼は静かに首を横に振った。上質な白い布地をふんだんに使用した足首まである長繋服《ディスダーシャ》は、砂漠の長旅で土埃《つちぼこり》に汚れている。肩から胸元にかけて縫い込まれた繊細な刺繍《ししゅう》さえ、鮮烈な陽光の下では重く感じられた。

右手の甲で額を拭《ぬぐ》うと、汗で湿った被頭布《ゴトラ》から砂漠の民であるサフィール人らしからぬ金色の髪が覗《のぞ》く。すっと通った鼻梁《びりょう》にかかる前髪を手で払うと、深い二重の下から翠瞳《すいとう》が空を睨《にら》みつけた。

どこまでも雲ひとつない蒼天《そうてん》が、見渡す限り一面の砂漠を覆っている。本来ならば、サフィール王国周辺は水に恵まれた土地だというのに、この十日ほど続く日照りで軒並みオアシスは涸《か》れてしまっていた。

「……やはり、兆禍《ちょうか》は免れないということか」

掠《かす》れた声に応える者はいない。頭をすっぽり包む被頭布《ゴトラ》を黒い留具《アガル》で二重に巻き、王族だけに許される金糸を織り込んだ飾紐《タルブッシュ》を左側に垂らした浅黒い肌の青年は、疲れた様子で先を急ぐ。

――本当に方法はないのか？　神にすがる以外、我々に生きる道は……。

広大な砂漠を進みながら、彼は唇を舌で湿らせて堪《こら》えきれないため息をこぼした。恵みの雨が失われていることに国民もそろそろ気づく時期だ。国の四方を砂漠に囲まれたサフィール王国は、雨が絶えれば地下水も遠くない未来に枯渇する。海は程遠く、ほかに水を手に入れる方法などありはしない。

翡翠《ひすい》の瞳《ひとみ》を持つ美しい青年は、疲弊しきった体に鞭《むち》を打って帰国の一途を辿《たど》る。王宮に戻り次第、博識な占者であり親友でもあるラヒムに今回も収穫がなかったことを報告しなければならない。

こうして無駄骨を折るのは何度目になるだろうか。彼は希望を打ち砕かれるたび、それでも自国の民たちを守ろうと懸命に尽力してきた。自分が挫《くじ》けてしまえば、残される道はただひとつしかなくなってしまう。そうなることを何よりも避けなくてはならないと心に誓い、ひたすらに辛苦に耐えてきた。

兆禍と呼ばれる星の出現に関しては、すでに誰もが忘れかけた古文書にしか記載がない。だからこそ、北の空に妖《あや》しく輝く金色《こんじき》の星を見かけても人々は恐れをなすことなく生活していける。

だが、あれは紛《まご》うことなき災禍の元凶だと彼は知っていた。現にサッタール神に授けられたはずの恵雨が失われ、国はにわかに乾きはじめている。地下に通う水脈が尽きるより早く、手を打たなくては──。

高貴な身の上にありながら、彼はたったひとりで砂漠を駆ける。できることならば、誰にも気づかれることなく問題を解決することが望ましかったが、そろそろ限界を感じているのも事実だ。この先、二十日も日照りが続けば市井の泉は枯渇するだろう。井戸の水量も減り、水不足から病気が蔓延《まんえん》するのは火を見るよりも明らかだ。

国に伝わる古い文書をラヒムが紐解《ひもと》き、その間に自分が国内外の識者を訪ねては解決のための緒《いとぐち》を探す。そうして役割を分担して兆禍への対策を練ってきたけれど、如何《いかん》せん未《いま》だに切れ端さえ指にかすらないままだ。

連日の遠出と、心休まる暇さえない焦燥感の前には健康的な若い体も悲鳴をあげる。刻一刻と迫り来る刻限に挑む若き王族の青年は、自らの無力さを感じていた。

今回出向いたのは、ラクダで片道二日かかる砂漠の最果てと呼ばれる地域だった。国境を越えた先には、サフィール王国の豊かさと通ずるものはない。砂中の楽園と呼ばれるサフィール王国を支えているのが、他地域にはない水であることを彼もよく知っている。だからこそ、乾ききった隣国の景色に背筋がゾッとした。このまま雨が降らなければ、サフィールにも他国同様の生活苦が襲ってくる。水は人間の生命の源であり、生活の基盤なのだ。

しかし、百年生きているという最果ての村長《むらおさ》も兆禍に関しては有益な情報を持ちあわせていなかった。片道分の飲料水を飲み干し、帰路につく前に水を求めたが、水筒半分に満たない量を集めるだけで彼の身につけていた宝石や金銭は尽きた。旅人であることや、裕福な格好で足元を見られた可能性も否定できないが、清潔な飲み水が安易に入手できないのも事実なのだろう。

——諦《あきら》めて、神に供物を捧《ささ》げるしかないなど、俺には認められん。

過去の兆禍事例において、国を守ったのはいずれも当代の乙女であることは判明している。彼女たちはそれぞれの時代、それぞれの方法で神にその身を捧げてきた。ひとりの少女の命と引き換えに国を守れるのならば、国を導く立場の人間が容易な方法を選んできたのも仕方がなかろう。それがわかっていても、彼には得心がいかなかった。

多くの国民の生命と引き換えに、たったひとりの犠牲を差し出す。だが、その乙女とてサフィール国民に違いないはずだ。生け贄《にえ》として神に殉ずる役目は、寵託《シニャーガ》と呼ばれる。通常の供物とは異なり、寵託は王族の愛を受けた身でなければならない。無論、純潔の乙女であることが求められるが、同時に王族の娘であることや王族の妻ないし婚約者であることが条件だ。

だが、寵託《シニャーガ》を捧げるのは最後の手段であって、安易にひとりの人間の生命を犠牲にするわけにはいかない。少なくとも彼はそう信じている。だからこそ――こうして今もひとり、王族の誰にも兆禍の危機を告げずに駆けずり回っているのだ。

――諦めるわけにはいかない。俺が諦めてしまえば、間違いなくひとりの少女の人生が奪われる。その少女とて、守るべきサフィールの民なのだから……。

腰に提げた水筒は、すでに一滴の水も残っていない。喉《のど》の渇きを感じながら、遠く姿を現した国境沿いの村の入り口を、彼は目を眇《すが》めて確認する。

サッタール神の授け給うた常蒼《じょうそう》の楽園、砂中の果実、豊かな水の潤うサフィール王国が、王子の帰国を待っている。

長繋服《ディスダーシャ》から覗く足首でラクダの腹を締め、彼は前を見据える瞳に力を込めた。美しい獣《けもの》を思わせるしなやかな体に残る、最後の力を振り絞る。

金《ダハブ》の王子――サフィール王国第一王位継承者アーデルは、砂煙を立てて生まれ育った国へ急いだ。

空は相変わらずの晴天。

どこまでもどこまでも、一面の青。

その下を、白装束の王子がまっすぐに駆け抜けていく。

運命の瞬間に向かって――。

＊＊＊

その日は、朝から晴天だった。

ライラは洗濯物を干し終えると、一括りにしていた黒髪をほどき、錆《さび》の浮いた鏡の前で髪を梳《す》く。砂漠の民は皆一様に浅黒い肌をしているが、彼女の肌はどこもかしこもやわらかな乳白色で、薄い皮膚が赤子のようだ。小柄な体つきに、不安を宿した大きな青い瞳がいっそうオリエンタルな雰囲気を醸し出す。

かつて養父が率いた一座で踊り子として舞に明け暮れていたころは、サフィール人らしからぬ容貌《ようぼう》も人気の理由と自負していたが、国境近くのニハーヤ村で暮らしはじめてからというもの、彼女は自分が異端であることをまざまざと自覚せざるをえなかった。

――せめてこの肌が、もう少しだけみんなと同じような色をしていたら……。

亡き養母も、今は病に臥《ふ》している養父も、外見を気にせず愛してくれたおかげで一座で浮くことはなかったけれど、土地に根付いて生活するにはライラの容姿は受け入れられにくい。

国境近くのニハーヤ村は、サフィール国内でも鄙《ひな》びた地域であるせいか、越してきた当初から村人たちは奇異な眼差《まなざ》しでライラを遠目に見つめていた。

四方を砂漠に囲まれた国に生まれ育ちながら、彼女の外見はサフィール人とも同じ大陸内のどんな民族とも違っている。

多くの人々は日に焼けた茶や黒の髪と、浅黒い肌に彫りの深い顔立ちで、ライラに比べれば体格がいい。同い年の少女であっても、胸や腰まわりにやわらかく女性的な膨らみを感じさせる。

しかしライラの肌は太陽にあたっても色を濃くするどころか、すぐに赤くなってしまう。色素の薄い白磁の肌のせいで、ニハーヤ村に来てからはろくに家事もしない怠け者の道楽者だと悪評を立てられた。実際は、養父の看病も家の仕事もすべて彼女がまかなっているのにおかしな話だ。

そして肌にも増して彼女の特異性を表しているのが、艶《つや》やかな直毛の黒髪である。サフィール人にも黒い髪の人間はいるけれど、ライラのようにまっすぐでくせのない髪は見当たらない。長く伸ばした髪は背の半分を覆い、さやかな風にもやわらかに揺れる。

細い手足に薄い肩、すらりと子鹿《こじか》を思わせるしなやかな足、そして珍しい直毛と白肌こそが踊り子としてのライラの魅力のひとつだった。

けれどそのすべてが、今の彼女にとっては厄介でしかなくなっている。

ラバーブ奏者である養父イムラーンが病のために視力を失ってから、父娘は王都を離れてニハーヤ村で療養の日々を送っているが、旅芸人の一座を離れたライラは仕事を見つけることにも苦労していた。特に田舎の閉鎖的な村であることが影響し、彼女の容姿を快く思わない人間たちの中では完全なる異端扱いだ。農場で人手不足の際に短期の仕事をもらえることはあったが、定期的な収入は見込めない。

簡素な村外れの家屋に暮らしながら、ライラは養父の看病と家事に明け暮れて、少しずつ手持ちの衣装を売りさばいては生活費を捻出《ねんしゅつ》している。イムラーンの病には、滋養のある食事と清潔な環境が何より大事だと医者から言われて知っていた。養父の回復のためにも、ライラは精一杯尽力しているのだが、もとより一介の踊り子でしかない彼女の所有していた衣装はそろそろ底をつくころだった。

衣装箱の蓋《ふた》をあけて、残り少ない衣装を見繕う。今日は隣村まで出向いて、耳飾りと衣装を買い取ってもらわなくては——。

「……どうせ、もう着ることもないんだものね」

一座での楽しい思い出が詰まった薄衣の装束を胸に、ライラはそっと目を閉じる。日に日に衰えていく養父のため、彼女にできることは数少ない。すべての衣装と装飾品を手放してしまったら、そのあとはどうしたらいいのだろうか。本当は考えたくもないが、最後の手段はまだ残されている。

ライラの珍しい容姿を気に入った村の権力者の道楽息子のイシュマエルが、彼の愛人になればイムラーンの治療費と父娘の生活費に加えてお手当まで出すと言っているのだ。所《しょ》詮《せん》は踊り子風情、客を喜ばせて金品を手に入れるのだからそのくらいはお手のものだろう、と彼は言う。幼いころから一座で旅生活に従事してきたライラは初恋すら知らず、舞を披露する以上のかかわりを客と持ったこともない。だが、露出度の高い装束で美しい肢体を見せつける舞姫を、劣情まじりの眼差しで見つめる男が少なからず存在する事実は認識していた。

ため息をついて衣装箱の蓋をしめたライラの耳に、苦しげな咳《せき》が聞こえてくる。

「父さん、だいじょうぶ？」

慌てて立ち上がると、ライラは狭い室内を横切り、隣室の寝台でやすんでいたイムラーンのもとへ駆けつけた。

「なんてことはない。ちょっとむせただけだ。それよりもライラ、今日も雨音は聞こえないようだが、もう何日目だい？」

目元を布で覆い、白髪まじりの頭を枕《まくら》にのせた養父が、見えない目を窓の向こうに向ける。

「そうね、十日かそこらかしら。でもサフィールはサッタール神に守られているのだから、心配はいらないって父さん昔から言っていたじゃないの」

砂中の楽園と呼ばれるこの国の古き言い伝えによれば、渇きにあえぐ民を助けるために王がサッタール神と契約を交わしたとされている。万能神と王族のおかげで、砂漠の中心にあってもサフィール国民は水不足に苦しむことなく平和に暮らしていた。

「ああ、そうだな……。しかし、これほど日照りが続くと少々不安な気もする。ところでライラ、どこかへ出かけるのかい」

ラバーブを演奏していた力強い腕は、筋力が落ちて上掛けに軽くのせられていた。養父の弱りきった姿を前に、ライラは寂しげな微笑《ほほえ》みを浮かべる。

「ええ、ちょっと隣村まで買い物に行ってきます。何か食べたいものはある？　果物はどうかしら？」

十数年前、旅の途中で生後間もない赤子を拾い、以降大切に養い育ててくれたイムラーンに、ライラは心から敬意と愛情を感じていた。旅芸人の一座を率いていたとはいえ、養父は決して裕福だったわけではない。十年前に養母が流行病《はやりやまい》でこの世を去ったあと、イムラーンは男手ひとつでライラを守ってきた。思えば、生まれたての赤子であっても砂漠の民とはまるで異なる外見をしていただろう自分を養子《やしないご》としてくれた彼は奇特な人物だ。

——父さんの優しさに報いるためには、病が治るまでなんとしてでもわたしが頑張らなくちゃ。

どれだけ感謝してもしたりないほど、ライラはイムラーンを想っていた。幼いころ、皆と異なる外見を揶揄《やゆ》されて泣いていた彼女を慰めてくれたのも、ライラをいじめた男の子たちを叱《しか》ってくれたのも養父だった。今となってはただひとりの家族であるイムラーンの回復だけが彼女の願いである。

「儂《わし》のことはいい。ライラ、おまえは昔からがんばりやだったが、最近は無理をしすぎているだろう。せっかく買い物に行くなら、たまにはおまえの好きなものを買っておいで」

「……もう、父さんったら。わたしのことばかりなんだから」

敬虔《けいけん》で信仰に厚く、娘思いの優しい養父にライラは目頭が熱くなる気がした。けれどイムラーンの前で泣いたりすれば、目が見えなくともきっと彼は気配を察してしまう。養父の病は致命的なものではないが、このまま弱っていけば命にかかわる可能性もあった。少しでも栄養のある食べ物を食べてもらい、元気になってもらいたい。ライラはすぅっと息を吸って、手にした紫色の踊り子装束を胸に抱きしめる。

外出のために黒い覆長衣《アバヤ》ですっぽりと全身を隠し、頭には巻頭布《ヒジャブ》を軽く巻いた。サフィール人女性は家の外を歩く際、こうして肌と髪の露出を抑えることが求められる。

「それじゃ、ちょっと行ってきます。日暮れまでには帰ってくるから、心配しないでね」

「ああ、気をつけて行ってくるのだよ」

――なんとしてでも、父さんに元気になってもらえるまでは頑張ろう。

簡素な家の唯一の財産であるラバーブが、奥の壁に立て掛けられている。それを横目でちらりと見てから、ライラは家を出た。

十日ほど続く晴天のせいで、湿り気のなくなった地面はやけに埃っぽい。歩くだけで小さく土埃を巻き上げる道の上を、ライラは早足で歩いていく。洗濯に時間をかけすぎてしまったせいで、出かけるのが遅くなった。早く行ってこなければ夕飯に間に合わない。

空から降り注ぐ光の洪水を浴びて、くたびれた覆長衣《アバヤ》の裾《すそ》を翻《ひるがえ》し、ライラはまっすぐに隣村へと向かう道を歩いていく。

しばらく進むと、右手に村でいちばん大きな農場が広がる。家畜の鳴き声と、草の香りを伴奏に道なりに進む彼女の行く手を、突然三人の男性が遮った。

「……イシュマエルさま」

田舎の村には似つかわしくない、無駄に装飾品をじゃらじゃらとぶらさげた蛇のような眼差しの青年が、唇に歪《ゆが》んだ笑みを浮かべてライラを見下ろしている。

その左右に立つのは、いつもイシュマエルに付き従っているニハーヤ村の荒くれ者たちだった。

「よう、ライラ。そんなに急いでどこへ行こうっていうんだ?」

にやついた唇と昏《くら》い欲望を感じさせる粘着質な眼差しに、ライラは背筋がゾッとする。

イシュマエルは権力者である父の威光を盾に、村内で好き放題な態度をとることで有名だった。その彼に目をつけられたことは、ライラにすれば不運でしかない。

「隣村まで買い物に……」

言いかけた彼女の胸にぎゅっと抱かれた装束を見て、イシュマエルが口角を上げる。

「買い物だと？　おまえの家には食べ物を買う金もないくせにおかしいな。遊び女《め》風情が気取ったこと言うんじゃねえよ」

彼には踊り子と遊び女の区別もつかないのか、あるいは露出度の高い衣服を着た女性ならば皆一様に体を売るのが当然だと思っているのか。ライラの華奢《きゃしゃ》な肢体をぬるついた視線が撫《な》でまわす。

「どうせ、そのいやらしい服を着て体を売ってくるんだろう？　なあ、だったら俺にしろよ。隣村まで男漁《あさ》りに行かなくとも、そこの物置でたっぷりかわいがってやるぜ。俺の言うことさえ聞いてりゃ、おまえのオヤジさんだって食べるものに困ることはねえ」

白く華奢な手首を、がさついた男の手がつかみ上げる。かかえた衣装が地面に落ちるのを恐れて、ライラは残されたもう一方の手に強く力を入れた。

「は、離してください。わたしは体を売ったりしません。踊り子は舞を披露するのが仕事です。それ以上のことは……」

「おいおい、聞いたかおまえら？　あられもない格好で股《また》をおっぴろげて踊っておきながら、誰がそんなこと信じるもんかよ。なあ？」

ひっひっと嫌悪感を覚える笑い声を漏らして、男たちがライラの両隣に立つ。明るい時間だというのに、イシュマエルたちを咎《とが》める人間はこの村にはひとりとしていない。乱暴者でわがままなイシュマエルを、彼の父親がかわいがっているせいで逆らうことができないのだ。

「それにしても色気のねえ格好だな。覆長衣《アバヤ》なんて着てるせいか。服の裾をあげて、いやらしい太ももでも見せてくれよ。――おい」

ライラの手首をつかむイシュマエルが、ふたりの手下に命令すると同時に、彼らは古びてくたくたになった覆長衣をむしりとる。同時に頭を覆っていた巻頭布《ヒジャブ》が剝《は》ぎ取られて、艶やかな黒髪が顕《あらわ》になる。それだけでは飽きたらず、男たちはライラの衣服の裾をめくりあげようとかがみこんだ。

「い……いや！　何をするんですか！」

恐怖に金切り声をあげた彼女を、残忍な蛇の瞳が見据えている。以前から強引に口説いてくるイシュマエルだが、これほど乱暴な手段に出ることはなかったはずだ。

「なぁに、たいしたことはしてやれねえよ。期待すんじゃねえ。俺らは、舞姫さまの体で楽しませてもらいたいだけだ。本当なら、俺だけの愛人にしてやろうと思ってたのに、おとなしく言いなりにならなかったおまえが悪いんだぜ？　わかるだろ？」

ライラの青い瞳に絶望が宿る。裾をめくりあげられそうになり、あわやというところで足をばたつかせた。彼女の弱々しい抵抗をおもしろがって、男たちは笑いながらその体をかつぎあげようとする。

このままでは、イシュマエルの言ったとおり農場の物置にでも連れ込まれてしまう。そうなれば、ライラの悲鳴は誰にも届くことなく、純真無垢《むく》な体と心が蹂躙《じゅうりん》されるのは目に見えていた。

「離して！　誰か……、誰か、助け……んぅ……ッ」

土と汗の匂《にお》いのする大きな手が、彼女の口を塞《ふさ》ぐ。

「騒いだところで誰も助けてなんかくれねえよ。さて、せっかくだ。たっぷり楽しもうぜ……？」

抱きかかえていた紫色の踊り子装束が、乾いた土の上に落ちた。それを踏みにじり、イシュマエルと男たちがライラを羽交い締めにして下卑た笑みを交わしている。

——そう。誰も助けてなんかくれない。

心の底まで震え上がりそうな恐怖と、暗闇《くらやみ》に閉じ込められたような絶望感に、ライラは抵抗らしい抵抗さえできないまま愛らしい瞳に涙を浮かべた。ずるずると体が引きずられていく。男たちの力に逆らい、懸命に蹴《け》り上げた足から履物《ナツル》が脱げて宙を舞う。その足をつかんだイシュマエルの手下が、長い衣服の裾を一息に引き裂いた。

声にならない悲鳴が、心の内側を焼く。堪えきれない涙が眦《まなじり》ににじみ、ライラは神の名を呼ぶことさえかなわずに自分が捕食される動物になった気がしていた。

このまま、すべてを失うくらいならばいっそ舌を嚙《か》んでしまおうか。そう思って瞼《まぶた》を下ろした刹那《せつな》——。

「貴様ら、何をしている」

それまで聞いたこともない凜《りん》とした男性の声が、空気を切り裂いて彼女の鼓膜を揺らした。

「あン？　なんだ、おまえ……。ヒッ⁉」

イシュマエルの訝《いぶか》しげな声が途切れ、息を呑《の》んだ音に続いて何かが地面に転がったのか、裸足《はだし》の爪先《つまさき》に振動が伝わる。

おそるおそる目をあけると、太陽を背にした長身の男性がラクダに跨ってライラをじっと見つめていた。その瞳は、サフィールでも珍しい翡翠色をしている。踊り子として王都で貴人の宴《うたげ》にも出席したことのあるライラには、翡翠の瞳がどのような意味を持つかなど考えずともわかった。

王家にだけ受け継がれる、サッタール神の加護の証《あかし》――それが、翠瞳だ。

「おい、てめえ、イシュマエルさんに何を……」

ライラの右腕をつかんでいた男が、ラクダからひらりと降りてきた翡翠の目を持つ青年に食ってかかろうとする。しかし、一歩踏み出すのと同じくして、胸元に繊細な刺繍を施した長繋服《ディスダーシャ》をまとう青年が、手にしていた長剣の切っ先を突き出す。

「サフィールの民ともあろう者が、女を手籠《てご》めにしようとは情けない。女こそが国の礎《いしずえ》であることを知らぬのか。愚か者め」

低い一喝に、ライラの体をつかんでいた男たちの手が力を失った。地面に踏ん張っていた足は、膝《ひざ》からがくりとくずおれる。

「いい気になってんじゃねぇぞ、色男気取りの若造め！」

刃物を前に血気盛んになったのか、先刻までライラの左側にいた男が乱暴な手つきで自身の頭から被頭布《ゴトラ》を剝ぎ取り、返す手で地面に投げつけた。

サフィールでは、被頭布を脱ぐことで決闘を挑む意味がある。本来ならば陽光の下に髪をさらすのは神への冒瀆《ぼうとく》だが、決闘に勝った者は不調法を濯《そそ》ぐことができる。無論、負けた者は反対に二人分の罪を引き受けるのだ。

「おい、やめろ、そいつは……！」

腰を抜かしたように情けない風情で地に這《は》いつくばるイシュマエルが、手下を制しようとするも時すでに遅し。長剣を手にした翡翠の目を持つ青年は、形の良い唇にふっと笑みを浮かべた。

「いいだろう。売られた喧嘩《けんか》を買わぬは男の恥。このアーデルが、サッタール神の名にかけて貴様の決闘を受けて立ってやる！」

金糸を織り込んだ飾紐《タルブッシュ》と留具《アガル》ごと、被頭布をはずした青年は、それら一式をライラに向かって投げてよこす。

「娘、それを預かれ。すぐに返してもらうから、汚れぬように端へ避《よ》けていろ」

「あ……っ」

砂漠を旅してきたのか、かすかに砂の香りをはらんだ上質な布を抱きとめると、ライラは震える足で立ち上がった。先ほどまでの恐怖に身がすくんだのもあったけれど、被頭布《コトラ》を脱いだ彼の美しい金髪を目の当たりにして、信じられない光景に畏縮《いしゅく》してしまったのもある。

「……お、おまえ、まさか……」

「どうして、金の王子《ダハブ》がこんなところに……!?」

男たちは口々に驚愕《きょうがく》と畏怖の声をあげ、イシュマエルは不様にも尻《しり》で地面をにじって逃げようとしていた。

「ほう？　決闘を申し込んでおいて、相手が王子とわかれば逃げるのか？」

金糸のごとき髪が、緊迫した空気と相反して夢幻《ゆめまぼろし》と見紛うほどの美麗さに揺らぐ。浅黒い肌に輝く翡翠の瞳、気高さと誇り高さを兼ね備えた眼差し、複数の敵を前にしても決して怯《ひる》む様子を感じさせない張りのある声。

「うわぁああぁ、お、俺は知らねえ！　何も悪くねえよ！　命令されただけだからな！」

「金の王子相手に決闘なんてしてられるか！」

脱兎《だっと》のごとく手下たちが逃げ出すのを見て、イシュマエルもみじめったらしくそのあとを追いかける。

「ま、待て、おまえら！　俺を置いていくなよ！　ひぃ！」

砂にまみれた紫の踊り子装束を挟《はさ》んで向かいあい、残されたライラは自分を助けてくれた青年を見上げた。

アーデルと名乗った彼は、巷《ちまた》で噂《うわさ》される金《ダハブ》の王子に間違いない。威厳あふれる態度も、男性らしく逞《たくま》しい体つきも、正義を信じる心根も、すべてが人伝《ひとづて》に聞いていたアーデル王子に合致していた。

サフィール王室に生まれた人間はサッタール神の恩恵を示す翠瞳を有するが、時に祖先の血を色濃く反映した金の髪の子が現れる。建国の王であり、サッタール神との契約を結んだ偉大なる王の生まれ変わりとも言われる金髪の王子――。

今、彼女の目の前に立つ青年こそが、金の王子その人なのだ。

「怪我はないか？」

「は、はい……。ありがとうございます、殿下」

声をかけられて、ライラは慌てて地面に膝をついた。王族の前で許可なく直立することは、罪に該当する。そして直系王族には、その手で罪を裁く権限があった。先ほど、イシュマエルたちが逃げ出したのも無理はない。現行犯で罪に問われれば、アーデルは罪人である彼らを手にした長剣で斬《き》り殺して罰することができるのだから。

怯《おび》えるライラの肩に、そっと覆長衣《アバヤ》がかけられた。先ほど強引に脱がされたせいで、布地は何ヵ所も裂けているが、馴染《なじ》んだ黒衣が体を隠してくれると少しだけ安心できる。

「震えているな。ずいぶんと恐ろしい思いをしたのだろう。……これは、おまえのものか」

長剣を腰の鞘《さや》にしまうと、彼は地面に落ちた紫色の薄衣を拾い上げた。

「も、申し訳ありません！　どうぞそのままにしてくださいませ。殿下の手を汚すなど滅相もない……！」

ぶるぶると震えながら頭を下げるライラに、金《ダハブ》の王子は目を瞠《みは》る。しかし、額に砂がつくほど頭を低くした彼女は、目の前に立つアーデルがどんな表情をしているのかもわからなかった。

「これはまたずいぶんと怯えられたものだ。それほど俺は恐ろしかったか？　すまない、おまえを怖がらせようとしたわけではなかったのだ」

不意に頭を撫でられ、ライラは青い目を大きく見開いた。何かの勘違いかとも思ったけれど、巻頭布《ヒジャブ》もつけていない髪を慰めるように、何度もそっと彼の手が上下する。先刻、ライイシュマエルたちを追い払ったときとは打って変わって別人のような態度に、思わずライラは顔を上げてしまった。

「はは、やっと顔を上げてくれたな。助けた娘まで怖がらせてしまうようでは、俺もまだまだ未熟者だ」

微笑みを浮かべたアーデルは、王族らしからぬ親密さで彼女の青い瞳を覗きこむ。同時に彼の翡翠の瞳を直視する羽目になったライラは、吸い込まれそうな翠《みどり》に心臓が跳ね上がる錯覚を覚えた。

「本当に、あ、ありがとうございます……」

ほんの数秒で喉が渇くほどの緊張に、声が自然と上ずってしまう。美貌《びぼう》の王子は、不思議そうにライラの顔を見つめたまま微動だにもしない。

「礼を言われることではない。それにしても、ずいぶんと白い肌だな。髪も見たことがないほどまっすぐだ」

無骨さと純真さを織り交ぜた指先が、興味深げに彼女の頰《ほお》に触れた。イシュマエルたちに触れられたときと違って、その手に淫《みだ》らな欲望は感じられない。とはいえ、ライラは養父以外の男性と顔を突き合わせて話をしたことなど数えるほどしかなかったため、身を固くして動けなくなってしまった。

「ああ、やわらかいな。なるほど、罪と知りながらあの者たちがおまえを求めた気持ちもわからなくは……」

青ざめていた頰が真っ赤に染まっているのを見て、アーデルは思わず声を吞む。王子の言葉を遮ったのが、自分の顔色だと気づかぬライラは困惑と緊張とひどく高鳴る鼓動に息も絶え絶えだった。

「すまん。これでは俺も、おまえを怖がらせているだけだろう。決して不埒《ふらち》な気持ちではないのだぞ。ただ、少々珍しくてな。だが、好奇の目を向けられて喜ばしいはずもない。悪かったな」

「い、いえ……！」

ふっとアーデルの手が離れる。ライラは大きく息を吐いた。胸にこみあげる得《え》も言われぬ熱をこのままのみ込んでいられない気がして。

「俺の名はアーデルだ。差し支えなければ、名を教えてもらえるか？」

頬から離れた彼の手が、手のひらを上向けてライラの顔の前に差し出された。地べたに座り込んだ彼女に手を貸してくれようとしているのはわかるが、この手をとることが不敬なのか、それともとらないことこそ無礼なのか、もう彼女にもわからなくなってくる。

「ライラと申します」

「いい名だ。ライラ、いつまでもそんなところに座っているものではない。遠慮するな。俺はおまえを取って食おうとしているわけではないからな」

明るく慈愛に満ちた声が、ライラを誘う。

かつて一座で貴人たちに舞を披露したことはあっても、こうして親しく話した経験などありはしない。しかも彼女が出会ったどんな王族たちよりもアーデルは高い身分を有している。

「どうした？　もしや、腰が抜けてしまったのか？　なんなら抱き上げてやってもかまわんのだが……」

「そ、そんな恐れ多いこと！」

「ならばつかまれ。家まで送ってやろう。奴らがまたおまえを狙《ねら》ってこないとも限らんからな」

白い指を伸ばして、ライラは慎重にアーデルの手に自分の手を重ねた。やわらかなライラの手のひらと違い、剣を振るう男の手は鍛えられた硬さを感じさせる。

「小さな手だ。それにやわらかい」

「ひゃ……っ……」

きゅうっと手を握られて、おかしな声をあげてしまった自分にますます恥ずかしくなり、ライラは眩暈《めまい》を覚えるほどだ。そんな彼女がおもしろいのか、アーデルはライラを立ち上がらせると握った手を離すことなく足元に履物《ナツル》を並べて置いた。

「手がこんなにやわらかいのでは、足の裏も脆弱《ぜいじゃく》かもしれん。素足で歩けば怪我をしそうだ」

「……あ、ありがとう、ございます……」

自国の王子にいたれりつくせり面倒を見られて、今にも消えてしまいそうな声でライラが礼を述べる。豚革の古びた履物《ナツル》に足を入れると、彼女は腕に抱いていたアーデルの被頭《ゴト》布《ラ》を思い出した。

決闘は行われずに済んだが、いつまでも頭頂部をさらしているわけにはいくまい。なんといっても、太陽の下で頭を顕にすることは男性同士ならば闘いを意味するが、女性に対して行えば求婚の意を表す。

無論、アーデルがそんなつもりではないと知りながら、ライラはやけに高鳴る鼓動を抑えることができなかった。

「殿下、あの、被頭布を……」

「ああ、そうだったな。預かってくれて助かった」

白い布を頭に被るため、彼が手を離してくれたとき、緊張が去るだけではなくぬくもりを失った手のひらが寂しさを訴える。

「よし、これでいい。ライラ、おまえの家はどっちだ？」

売りに行くはずだった紫色の衣装を拾い上げ、砂に汚れた部分を軽く叩《はた》いていたライラの手を再度アーデルがつかんだ。そして、彼女を引き寄せると金の王子《ダハブ》はひょいと両手を脇《わき》の下に差し入れる。

「で、殿下……っ⁉」

「暴れるな。ラクダに乗せてやるだけだ。――おい、おまえ食事はちゃんと摂《と》っているのか？　華奢にもほどがある。軽すぎるぞ」

いとも容易《たやす》くライラをラクダの背に乗せて、その背中側に彼自身も跨った。

「こ、こんな……いけません。わたしは歩けますので、どうぞ下ろしてください」

高貴な身分の男性に、ここまで手を貸してもらうだけでも恐縮だというのに、アーデルは自分をラクダに乗せて家まで送ろうと申し出てくれている。誰かに見られれば、踊り子風情と同乗しているなど王子の沽券《こけん》にかかわるのではないだろうか。

「おいおい、何度も言わせるなよ？　俺はおまえを家まで送ってやろうとしているだけだ。大切な国の宝である民を守るくらい、不甲斐《ふがい》ない王子にもさせてくれ」

多くの民から慕われ、憧《あこが》れられ、崇《あが》められている金《ダハブ》の王子ともあろうアーデルは、肩をすくめてそう言った。ライラを安心させようとする優しい気遣いに、胸がじんと熱くなる。ニハーヤ村に越してきてから、養父の療養のためとわかっていても村人たちから謂《いわ》れのない誹《そし》りを受けることも多く、こんなふうにあたたかい声をかけられることもほとんどなかった。

——身分だけではなく、血統だけでもなく、この方が誰からも愛される理由がわかるようだわ。

これ以上の拒絶は、むしろ無礼になる。ライラは自分にそう言い聞かせて、うつむきながらアーデルに小さな声で礼を言った。

「礼などいらん。まったく、先ほどから同じことばかり言っている気がするな。だったら、ライラの家についたら水を一杯もらえないか？　じつは砂漠を渡ってきたばかりで喉が渇いて仕方ないのだ」

「かしこまりました」

ラクダがゆっくりと歩を進める。その律動でライラの長い黒髪があえかに波打った。

「うむ、助かる」

手綱を握る両手に左右から体を抱きかかえられているような体勢で、ひどく心臓が早鐘を打つ。その音が彼に聞こえないことを祈りながら、ライラは両手で紫色の装束をぎゅっと握りしめた。

＊＊＊

村外れの小さな家屋は、今にも崩れ落ちそうなほどに古い。かつては白壁だったと思《おぼ》しき薄汚れた外壁は風雨に劣化し、表面が剝がれ落ちた挙げ句、幾筋もヒビが走っていた。

男たちに襲われかかっていた異国情緒を感じさせる少女は、アーデルのために急いで飲み物の準備をしに席を外している。見知らぬ家の小さな食卓に両肘《ひじ》をつき、金《ダハブ》の王子はぐるりと室内を見回した。けれど、目に入る何物よりも、先ほどまで鼻先をくすぐっていた艶やかな黒髪ばかりが脳裏を充溢《じゅういつ》させている。

——なんと愛らしい少女だろう。大陸のどの国でも見たことのない白い肌に、儚《はかな》げでありながら芯《しん》の強さを感じさせる青い瞳。つかんだ手は小さくやわらかく、ほんの少し力を入れたら壊れてしまいそうだった。

奥の部屋から咳《せ》き込む音が聞こえて、アーデルはハッと我に返る。おそらく彼女が道中で言っていた病気の養父が寝ているのだろう。

ラクダに揺られながら彼女の身上について尋ねると、ライラはひどく恐縮しつつも、健《けな》気《げ》な声音で丁寧にひとつひとつ答えてくれた。

以前は養父の率いる旅芸人の一座で踊り子をしていたこと、その養父が国一番のラバーブの奏者であること、病に臥せる養父のため仕事を探しているがなかなか思ったようには働けないこと、そしてイシュマエルという男に身を預ければ養父のための金銭をくれてやると言われても頷《うなず》けないこと——。

父思いの優しい少女は、自分の容姿が邪魔をして仕事に就けないと悩んでいたが、アーデルからすればそれはおそらく彼女の勘違いにすぎない。村の権力者の息子だというイシュマエルが、ライラを追い詰めるために仕事をさせぬよう手を回しているのではないだろうか。そうでなければ、たとえ見た目が少々変わっていても、あれほど素直で真面目なライラがまったく仕事にありつけないとは考えにくい。

——ずいぶんと卑怯《ひきょう》な真似をするものだな。

望んだ女を手に入れるためならば、無理も道理もなく振る舞う男がいるのも知っている。サフィール王国が豊かであるとはいえ、貧困にあえぎ、遊び女として売られていく少女がいるのも悔しいが事実だ。

しかし、アーデルはライラがそのように扱われることにひどく嫌悪を感じた。出会ったばかりの少女の身の上に、これほどの憤りを感じるとはどうしたことか……。

常日頃から王子としての執務に追われ、婚約の話を持ち込まれても興味すら抱かずにいた自分が、ろくに素性も知らないライラに夢中になっている。その事実に気づき、アーデルは意識して考えを切り替えた。

今回の隣国訪問でも、有益な情報を得ることはできなかった。このままでは遠くない未来、サフィールの民に苦しい生活を強いる日がやってくる。そうはさせない。だが、寵《シニャ》託《ーガ》を捧げることでサッタール神が恵みの雨を齎《もたら》してくれるとわかっていても、アーデルは決断ができずにいる。優柔不断と罵《ののし》られるほうが、安易にひとりの人間の生命を奪うよりよほどましだ。できるならば、自分こそが国を民を守るために命を賭《と》したいとさえ願う。

けれど、寵託は勝手に選ぶなどもってのほかどころか、男性であるアーデルには最初からその資格もなかった。

定められた手順で託宣を行い、選出された寵託を捧げなければ儀式は成立しない。どうにもできないもどかしさに、アーデルは金色の髪をかきむしりたくなる。

彼は国を襲おうとしている兆禍から国民を救うため、事態が深刻化する前に手を打とうと闇雲《やみくも》に改善策を探していた。アーデルの兄のような存在であり、親友でもあるラヒムの水鏡に兆禍の兆候が見えて以来、降雨は減りつつある。この十日は一滴の雨も降らないほどだ。

国に害をもたらす金の星。北の空で不吉に輝く兆禍に対して、人間はひどく無力だった。

古い文献にしるされた兆禍に関する情報を調べる中、かつて流行病で多くの死者が出た際、神鳥が救ってくれた言い伝えが見つかった。王国の守り神サッタールが、この砂漠の地に遣わしたとされる神鳥。その鳥を見つけ出さなければ、打つ手がないとラヒムは言う。だが、神鳥を呼び出し願いをかなえてもらうためには条件を満たした乙女を寵託《シニャーガ》として捧げなければならない。

堂々巡りの思考に、アーデルは我知らずため息をついた。寵託に選ばれる乙女は、ライラと同い年くらいの娘だろうか。清らかな少女の生命を絶ち、国を救うなど馬鹿《ばか》げている。それなのに、ほかに道はないときた。

「お待たせして申し訳ありません、殿下。お口に合うかわかりませんが……」

狭い室内に、ふわりと甘い香りが漂う。ライラは盆に陶器の高杯を載せて運んできた。

杯の広くあいた呑み口から湯気が揺らめいている。

「それは？」

「手製の薬草茶に花蜜《かみつ》を溶かしてあります。砂漠を旅していらしたのでしたら、疲労もたまっていらっしゃるかと差し出がましいながらも準備させていただきました」

水をもらえればじゅうぶんだと思っていたアーデルは、貧しい暮らしぶりの少女の心尽くしに胸を打たれた。王宮ではさして珍しいものでなくとも、庶民にとって花蜜は安価とは言いがたい。まして、この家を見ればライラが贅沢《ぜいたく》をしているとは考えられなかった。おそらく、病床に臥す養父のために備えていただろう花蜜を、彼女は惜しげもなくアーデルに差し出す。

「気遣いは嬉《うれ》しいが、これは大切な食料ではないのか？」

「いえ、あの……も、申し訳ありません」

問い詰めたつもりも問いただしたつもりもないが、ライラはまるで叱られた子どものようにびくりと肩をすくめる。

――俺を喜ばせようと思ってくれただけ、か……。ならば、遠慮などせずにいただくべきだろう。

アーデルは軽く首を横に振ってから、右手で高杯を受け取った。

「何を謝る。たしかに俺は少々疲れているようだ。ありがたくいただくとしよう」

彼女の手作りだという薬草茶は、どこかほろ苦く懐かしい味がする。たっぷりと溶かした花蜜が、アーデル自身気づかずにいた疲労を癒やすようだ。五臓六腑《ごぞうろっぷ》にしみわたる熱い茶を飲み干すと、盆を手に立ったまま彼の様子を窺《うかが》っているライラと目が合う。

「おまえは良き母になりそうだな」

「お、恐れ多いお言葉を……！」

白い頬がみるみるうちに赤く染まるのを見て、アーデルの胸にひとつの決意がともった。

決断すべき時は近づいている。

顔も知らぬ民たちが、ライラと同じように精一杯毎日を生きているのだ。たとえ残虐非道と誹りを受けても、国を救うことが自分の使命――。

守らなくては。

彼女の未来も、すべての民の未来も、そしてこの国の行く末も。

自分の決断により、誰かの幸せを摘み取ることになるならば、アーデルは寵託《シニャーガ》となる少女の恨みを一身に引き受けようと誓った。

「本当にうまかった。ありがとう、ライラ」

高杯を卓に置くと、彼はラクダの背から下ろして持ってきた荷をほどく。花蜜と滋養のある茶の礼に、隣国で手に入れた非常食と少しばかりの果物を渡し、彼は小さな家をあとにした。

——俺は、民を守らなければならない。

ラクダに乗って王宮へ帰る道すがら、いつまでも手を振って感謝の言葉を叫んでいたライラの姿が脳裏をよぎった。

だが、彼はこのときまだ知らない。因果は巡る。巡り巡って帰着するそのときまで、誰もが知らずに糸を手繰《たぐ》り寄せる。螺旋《らせん》の未来から差し出されるのは、幸か不幸かただ一本のか細き希望。その糸を手繰っていけば、運命の輪は何度でも同じ道を辿ることになる。

王宮に帰ったアーデルは、とるものもとりあえずラヒムに寵託《シニャーガ》の選定を頼んだ。そして導き出された結果は——。

＊＊＊

いつもと同じように洗濯を終え、いつもと何も違わない手順で夕食の準備にとりかかったライラは、竈《かまど》の前に立って小さな明かり取りの窓から空を見上げる。

取り立てて代わり映えのない日常がいつもと同じでなくなってしまったのは、彼女の胸のうちに儚く揺れる憧れの光のせいだった。

あの日——。

世にも美しい王子は風のように颯爽《さっそう》とライラの前に現れ、そしてこの家で茶を飲むと王宮へと帰っていった。ほんの短い時間だったが、アーデルとの会話はひとつ残らず覚えている。耳に残る男性らしい張りのある声が、今もライラの心をときめかせる。

こんな気持ちになったのは、生まれて初めてだった。踊り子として各地を回っていたときにも、見目麗しい青年貴族に遭遇したことはある。しかしその誰に対しても、また会いたい、声を聞きたいと思い出した記憶はない。アーデルだけが特別で、できるならば今一度遠目でもいいからその姿を瞳に焼きつけたいと願ってしまう。

——いけないわ。過ぎた願いは人を破滅させるもの。あの方は王子なのだから、わたしなんかが簡単に会えるわけがないじゃないの。

少女らしく高鳴る胸を叱咤《しった》し、ライラは炊事に集中する。そこにチチチ、と聞き慣れた小さな鳴き声が聞こえてきた。

「まあ、シャフィーク！　ずいぶん見なかったから、もうここには来ないのかと思っていたわ」

四角い窓の端に足をかけ、色鮮やかな小鳥が黒い瞳でライラを見つめている。チ、チ、と首を傾《かし》げる姿は、まるで彼女の言葉がわかるように錯覚しそうだ。

シャフィークと名づけたその鳥は、ライラがまだ一座で旅をしていたころから幾度となく現れて、彼女のそばで羽を休めてはどこへともなく飛んで行く。最初は偶然、罠《わな》にかかったところをライラが助けたのがきっかけだったが、以来何度も彼女のもとへやってきていた。鳥かごに入れて飼うことも考えたが、自由に空を飛ぶ鳥に狭い檻《おり》は似つかわしくない。気ままな小鳥が、どこからきてどこへ行くのか気になることもあったが、ライラはあえて深く考えずにいた。

「晴天が続いたから、喉が渇いているんじゃない？　お皿に水をあげましょうか」

人から見れば滑稽《こっけい》かもしれないが、ライラはシャフィークを相手に旧友と話すような気軽さで声をかける。気が向けば数日、彼女の近くを飛び回り、知らないうちにまたどこかへ飛び去ってしまう薄情で愛《いと》しい友なのだ。

平たい皿に水を少しばかり注いで、窓の端にそっと置いてやると、シャフィークは待ってましたとばかりに嘴《くちばし》をつけた。

「あなたは本当に不思議な子ね。とても賢くて、美しい。どこにだって飛んでいけるのに、わたしのところに遊びにきてくれる」

ニハーヤ村で暮らすようになってからというもの、友人もなくひとりで家事ばかりこなしているライラは、養父の病状悪化と仕事が見つからない不安に押しつぶされそうになっていた。そんなとき、いつもシャフィークはどこからともなしにやってきて、彼女のささやかな愚痴を聞いてくれる。人と鳥といえど、じゅうぶんに友人といえる関係だ。無論、シャフィークがライラの言葉を本当は理解していないことを、ライラ自身よくわかっていたけれど。

青い瞳を細めて、ライラは南国の色彩を持つ小鳥を眺めていた。そうしている間に、玄関先から彼女を呼ぶ声が聞こえてくる。

「ライラー？　こんにちはー、いないの？」

――ナシーム？

王都に住む身分違いの友人の声を耳にして、ライラはぱちぱちと目を瞬《しばたた》いた。

ナシームは裕福な商家の娘で、彼女の父親はイムラーンが一座を率いて旅芸人をしていたころからのなじみ客だった。幼いころから何度も顔を合わせているうちに、ふたりは境涯の違いなど関係なく親しい友人になっていった。

少々引っ込み思案でおとなしいところのあるライラは、明るく楽観的なナシームと話しているといつだって楽しい気持ちになる。だが、養父の療養のためにニハーヤ村で暮らすということは、遠く王都に住む彼女とはもう会えないことを意味しているはずだった。

「ナシーム、どうしてここに？」

慌てて玄関先まで駆けつけたライラの目の前で、懐かしい友人が両腕を広げて抱きついてくる。

「会いたかった！　うふふ、びっくりした？」

「もちろん、とても驚いたわ……。でも、本当にどうやって……？」

「お父さまにお願いしたの。今夜は王族の方を招いて屋敷で宴をすると言うから、ライラに踊り子として舞ってもらいましょう、って」

たしかに、以前のライラならばそういった宴の席で舞を披露することも多かった。しかし、いくら彼女がすばらしい舞姫であろうとも、ニハーヤ村まで迎えに来てくれる顧客などありはしない。王都までは輿《こし》にでも乗らなければ移動もままならないし、何よりライラを呼び寄せるより都を拠点とする踊り子を使ったほうが簡単だろう。

「ね、ライラ？　早くしないと、宴が始まってしまうわ。あなたのために、新しい装束も持ってきたのよ。それにイムラーンのラバーブでなければ嫌だとお父さまも言っているの。輿は足りているから、ふたりが乗ってくれるだけでいいんだけど、わたしのお願い聞いてくれるでしょ？」

ナシームがわざわざ自ら出向いてくれたのは、きっとライラが遠慮するのを見越していたからだろう。実際、前もって連絡を受けていたら、ライラはこの話を引き受けはしなかった。すでに一座を離れた身としては、客人たちをもてなすためにじゅうぶんな踊りを披露できるかもわからない。それにイムラーンは日によって、体調に大きく変化もある。

――だけど、今日は父さんも具合が良かったし……。

「ライラ、お願い！　もし断られたら、わたしきっとお父さまに怒られてしまうわ。だって、どうしてもあなたを呼びたくて予定していた踊り子を勝手に断ってしまったんですもの」

「まあ！　ナシームったら……」

強引なところもあるけれど、友人が自分を思ってしてくれたことに違いはない。ライラは微笑んで頷き、養父に相談すると言って室内に戻った。天気の良い日が続いたせいか、先日アーデルがくれた果物の栄養のおかげか、寝台に起き上がっていたイムラーンはかわいい娘の説明を聞くとすぐに準備を始めた。

懐かしい王都で行われる今宵一夜《こよいひとよ》の宴のため、ライラは竈の火を消して輿に乗り込んだ。

いつの間にかシャフィークの姿は見えなくなっていたけれど、突然の事態に驚きと喜びを感じていた彼女は気づかない。

何より王族を招くというのならば、もしかしてアーデルと見《まみ》えるのではないかと心が逸《はや》る。

憧れの気持ちは、少女の胸の中で揺らぐ炎となり、いつしか恋の予感にさえ変わっていたけれど、ライラはナシームの用意してくれた装束に身を包み、輿の中で化粧をするのが先決だった。

久々の華やかな夜を過ごし、三度舞を終えたあたりでライラは期待していた奇跡が起こらない現実にため息をつく。

一口《ひとくち》に王族といっても、傍系を合わせればその数はかなりの人数になる。ナシームの父親がひらいた宴に来ていたのは、現王の大叔母の血を引く貿易省の若き役人だった。アーデルとは似ても似つかない彼は、ライラの舞をいたく気に入り、酒の席に呼んで酌をさせたがった。踊り子と遊び女は同義ではない。とはいえ、客を喜ばせることが仕事の一環であるため、ライラは艶《あで》やかな装束で望まれるままに酒を注いだ。

ナシームが準備してくれた衣装は、美しい清流を思わせる青地に品の良い白を基調とした刺繍を施したもので、ライラの肌の白さと少女性を際立たせる。露出度の高い踊り子装束の場合、ともすればみだりがましく見える仕立ても多いものだが、細腰を飾る幅広の帯布とそこから珠暖簾《たまのれん》状に長さを変えて下がる装飾は透けた布地から覗く白い足を愛らしく彩っていた。

目尻《めじり》に強い印象の青をのせ、顔の下半分を共布で隠したライラが、さらさらとこぼれる黒髪を揺らして踊る姿は神々しささえ感じさせる。もとより舞というものは、歴史を紐解いていけば神への感謝や祈りを表すこともあり、その夜の彼女は常にもまして美しかった。

やっと招待客から解放されたのは、もう夜半近く。ライラは宴の席での愛想笑いに疲れ、石を積んで使用人のために区切られた中庭の一角にひとり佇《たたず》んでいた。見上げた空には、ひときわ明るく輝く金色の星が彼女を照らしている。北の空に、あんな星があっただろうか。ぼんやりと見つめていると、金色の髪を風になびかせるアーデルの姿が浮かんでは消えていく。

——どうしてまた会えるなんて思ってしまったのかしら。不相応な夢など見るものではないというのに。

夜風に髪が揺れる。ライラは口元を覆っていた布をはずして、冷たい空気を大きく吸い込んだ。胸を熱くする彼への憧れを冷却しようとしたそのとき、彼女の背後から唐突に誰かの足音が聞こえてくる。男性数名の声に混じって、ナシームの父が何かを言っているようだが内容までは聞き取れない。客人たちは、今宵屋敷に滞在するそうだが、何か問題でも起こったのだろうか。

屋敷に戻って、手伝えることがあるか確認しようと一歩踏み出したライラは信じられない光景を目にした。

石畳の散策路を、頭頂部だけを隠すように被頭布《ゴトラ》を軽く巻いた麗しい金髪の青年が歩いてくる。月と星の明かりしかない薄闇でも、翡翠の瞳を見間違うことはない。

「……アーデル、殿下……?」

紅を引いた唇をかすかに動かし、ライラは会いたくてたまらなかった彼の名を口にした。

「白き肌に黒髪の清らな舞姫、おまえをさらいにきた。おとなしく付き従え」

夜空を背に、形良い唇が低い声で告げる。

これは夢か、幻か。ライラは自分の耳を疑った。あまりに強く会いたいと願ったせいで、幻覚を見ているのかもしれない。化粧を施した目を思い切り擦《こす》るわけにもいかず、長い睫毛《まつげ》を何度も瞬く。しかしその青い瞳に映る金の王子《ダハブ》は夜の帳《とばり》に溶けて消えることはなく、一歩また一歩とライラに近づいてくる。

「おまえは俺の婚約者となるのだ。逆らうことは許さない」

目の前までやってきたアーデルが、どこか苦しげな表情を浮かべた。しかし唇が紡ぐ言葉は高圧的で、以前に会ったときとは別人のように冷たい。

「婚約者……？」

現実離れした単語に、思わず鸚鵡《おうむ》返ししたライラの二の腕をアーデルがぐいとつかんだ。触れた肌のぬくもりに、自分が見ているすべてが現実だと思い知る。同時にありえない事態をのみ込みきれず、ライラはかすかに首を横に振った。

「……これでは、おまえを襲った男どもとなんら変わらんな」

それまでより小さな声で、独りごちるようにアーデルが言う。あの日、彼が助けてくれたおかげでライラがどれだけ助かったか。そのことを思うと、アーデルが何をしたところでイシュマエルたちと同じだとは思えない。

震える唇でその気持ちを伝えようとするけれど、把握しきれない展開を前に彼女は何も言えず口を開閉するばかりだった。

「そうだ。俺はおまえをさらいにきた。おまえのすべてを奪い、我が物とするために――」

残酷なまでに冷たい声音と裏腹に、熱い腕がライラを引き寄せる。一瞬、彼は強く強くライラをかき抱き、次の瞬間その華奢な体を軽々と荷物のように肩の上に持ち上げた。

「きゃぁ……っ！」

一陣の風が、背の高い木々の葉をざわつかせる。そのざわめきはライラの胸の中まで入り込み、無遠慮なまでに心をかき乱した。

「殿下、下ろしてください……！　わ、わたしは……」

彼が望むならば、なんだってする。

けれどアーデルは正気なのだろうか。自分を婚約者にするなど、冗談としても笑えない。それに先日会ったときと、様子も違っている。

不安に震える白い指が、何かにすがりつこうとしてアーデルの長繋服《ディスダーシャ》をつかんだ。

ライラを抱え上げた金《ダハブ》の王子が屋敷に向かって歩き出すと、前方から腰に剣を提げた兵士が駆け寄ってくる。

「アーデル殿下に申しあげます。婚約者どのの父上に事情の説明が完了いたしました」

「うむ。こちらの説明も済んだ。輿の準備をしろ。王宮に戻る」

「はっ！」

自分の目が見ているものが、自分の耳が聞いているものが信じられなくなったとき、人はどうすればいいのだろう。

ライラは慌ただしい現実を前に、ただ呆然《ぼうぜん》と息を呑むしかできなかった。アーデルに尋ねるのもはばかられ、かといってすべてを受け入れるには心が追いつかない。いっそ夢であればと思いながら、彼と再会できた喜びを自ら投げ捨てることもできなくて。

混乱と混沌《こんとん》に彩られた夜は、まだ終わらない――。

＊＊＊

拱廊《きょうろう》に囲まれた王宮は、中央に大きな丸天井の穹窿《きゅうりゅう》が建ち、その西側に礼拝の時間を告げるための螺旋状になった尖塔《マナール》が高くそびえていた。

ライラを乗せた一人用の輿が到着したのは、穹窿からほど近い、石畳が敷き詰められた前庭だった。輿の両脇に揺れる紗布《さふ》の片方が駆けつけた侍女たちの手で上げられ、どうしていいかわからずにびくびくしているとアーデルが中を覗きこんでくる。

「何をしている」

やはりこれは夢ではない。それどころか、彼は初めて会ったときの優しさを微塵《みじん》も感じさせない。何か気に障ることをしてしまったのかもしれないが、ライラにはその理由もわからなかった。

「いちいち抱きかかえてほしいのか?」

美しい唇が昏い笑みを浮かべ、ククッと喉から笑い声を漏らす。返事に困っているライラが、いつまでも輿から降りてこないのに苛立《いらだ》ったらしいアーデルは、強引に彼女の体を引き寄せようとした。

「じ、自分で降りられます……」

夜であっても巻頭布《ヒジャブ》をしっかり巻きつけた侍女たちに囲まれて、ライラは自分の格好が途端に恥ずかしくなる。薄手の装束は肌の露出が多く、一般の女性が身につける衣服とはまったく違う。普段ならばライラも外出するときには覆長衣《アバーヤ》を着ているが、今日この日に限っては下着も同然の薄衣をまとうばかりだ。

足首につけた鈴が、地面に足をつけた振動でしゃらりと軽やかな音を鳴らす。宵闇《よいやみ》に浮かび上がる乳白色の王宮は、見る者を圧倒した。王都中心地の小高い丘に位置する王族の居住区においても、最奥に建つ中央宮殿は市井の人間が近寄ることなどできない。遠目に尖塔《マナール》の先端が見える程度だ。

「こちらでございます」

口数少なに、ひときわ美麗な胸元の刺繍の目立つ侍女がライラを案内する。アーデルは、彼女と共に来てくれるわけではないらしい。居心地の悪さに身をすくめながら、ライラは侍女のあとを追って王宮内部へ足を踏み入れた。

案内されたのは、奥宮の最奥にある広い一室。室内には、香炉に炭を熾《おこ》して乳香《リバーン》の樹脂を焚《た》く甘やかな煙が漂っていた。

とろりと脳までほどく香りに立ちすくむライラを残して、案内の侍女は無言のまま立ち去る。ひとり残されて、またしても不安がこみあげてきた。

彼は本当に自分と婚約するつもりなのだろうか。一国の王子が、本当の親も知らない踊り子を娶《めと》るなど聞いたこともない。しかし、それよりも彼の態度が変わってしまったことがライラには悲しく、いっそうの焦燥感を覚えた。

入り口正面の壁には、ぽっかりと大きな窓が空を切り取って口をあけている。忍冬《にんどう》文様の色鮮やかな絨毯《じゅうたん》の上を歩いて、窓際まで近づくと青い瞳に涙が膜を張った。生まれてこの方、見たことも触れたこともない瀟洒《しょうしゃ》な家具に囲まれているというのに、ひどく胸が痛い。締めつけられる苦しさに、喉がひりついて呼吸がうまくできなくなる。

――父さんはどうしたかしら。ひとりでナシームのおうちに残されて、目が見えないのに困っているかもしれない。

優しい養父は、ライラの事情を知って心を痛めるに決まっている。こんなことになるなら、ナシームに頼まれても王都になど出向くべきではなかった。神はライラが王都に戻ることを望んでなどいなかったのだろう。

長い黒髪を左肩に寄せて、ライラは空を見上げた。南向きの窓からは、あの金色の星は見えない。身を乗り出したそのとき、廊下を歩いてくる足音が聞こえてきた。

「――逃げるには不向きな窓だろう？」

振り向かなくともわかる。優美で張りがあり、鼓膜だけではなく心まで震わせる声の持ち主は――。

「殿下、これはいったいどういうことなのでしょうか？」

ライラは窓枠に手をかけたまま、長い睫毛を伏せてアーデルに尋ねる。

連れてこられた部屋には、見るからに豪奢《ごうしゃ》な家具や香炉が置かれているが、何よりも不安を煽《あお》るのは紗織《さおり》の天蓋《てんがい》布で覆われた寝台だ。客人を招いて案内するには到底相応《ふさわ》しい部屋ではない。無論、自分が王族から客として扱われる立場にないことは知っていても、最初に案内された場所が寝室というのはあんまりだ。

「こ、婚約だなどとお戯《たわむ》れをおっしゃるのはご容赦ください。わたしは、殿下のおそばに仕える身分では……」

「過度の遠慮は俺に対しても失礼だと、おまえはそろそろ覚えたほうがいい」

無感情な声で告げたアーデルが、絨毯を横切ってライラへと近づく。長い足は歩幅も広く、ふたりの距離はすぐに手の届くほどとなった。

かすかな衣擦《きぬず》れの音を響かせて、アーデルが右腕をゆっくりと伸ばしてくる。ゆるく曲げた指先が彼の躊躇《ちゅうちょ》を表しているように見えて、ライラは身動《みじろ》ぎもできない。ごく静かに、けれど確実にその手が近づいて――。

左肩にまとめて流した黒髪の毛先を、そっと指先が撫でた。

刹那、髪の下であえかに上下していた胸の奥まで刺激が走り、ライラはびくりと肩を揺らす。抱き上げられたときにも、ラクダの背に乗せてもらったときにも、アーデルのぬくもりを感じたことはあったはずだ。けれどそのどれとも違う、見知らぬ感覚が体に駆け巡った。

「……怯えても無駄だ。逃げることは許さん」

手首を引かれ、意味もわからないうちにライラは寝台に突き飛ばされる。やわらかな上掛けに背から倒れこみ、唐突すぎる事態に目を瞬かせていると、胸の上に重みが加わった。

「で、殿下……!?」

素肌をさらしている腹部に、アーデルが身につけた上質な長繋服《ディスダーシャ》の布地が擦れる。そして胸と胸を合わせるように彼がライラを組み敷いていることにやっと気づく。ふっくらと豊かな双丘を押しつぶし、彼は右手で乱暴に被頭布《ゴトラ》を剝ぎ取った。床に投げ捨てると留具《アガル》が小さな音を立てる。

この段階になっても、まだ信じたくない気持ちでいっぱいだった。あんなに優しかったアーデルが、肉食の獣を思わせる眼差しで自分を見下ろしている。その目が男の欲望を宿していることも、自分の体が女としての反応を起こしていることも、ライラは認めたくなどなかった。

しかし、最後の望みさえ彼の手で打ち砕かれる。

大きな手が、刺繡と装飾で彩られた胸布を一息に押し上げた。白く美しいふたつの膨みが乳香《リバーン》の甘やかな香り漂う空気に触れる。

「イヤ……っ！　殿下……どうしてこんな……!?」

恥ずかしさに両腕で胸元を隠そうとするも、左右の手首をつかまれて寝台に縫い止められてしまった。アーデルの翡翠の瞳が、ツンと尖《とが》りはじめた胸の頂をとらえる。その目に見つめられるだけで、体の奥に熱がともる気がした。

「やめてください。わ、わたし、ただの踊り子で……、男の方の相手をするなんて……！」

口走った自分の言葉に、ライラはやっと悲しみの意味を理解する。婚約者だなどとおこがましい。連れ込まれた寝室、会話すらろくにないまま押し倒されて服を剝《む》かれるこの状況から、彼女にわかるのは自分が一夜《ひとよ》の佚楽《いつらく》の相手に選ばれたのだろうという事実だった。

「誰がそんなことをしろと言った。おまえは俺の——婚約者になると決まっているのだから」

婚約者という単語を口にする直前、アーデルは一度苦しげに声を区切る。まるで望んでなどいないと言いたげな声に、ライラは涙のにじんだ瞳で彼の顔をじっと見つめた。

決して裕福な家庭の育ちではなく、国家に貢献できる身の上でもない自分と婚約する必要など彼にあろうはずがない。

しかもアーデル自身がライラを求めて婚約するのではないと言外に匂わせる言い方から察すると、なんらかの事情で婚約が決められたとも考えられる。

「でも……この体勢はどういうことですか……？」

組み敷かれ、肌を露出させられている現状は、婚約のためとも思いがたい。そもそもサフィール王族は婚約前に一定期間の同室生活を送るものだが、その間も清らかな関係でいることが求められる。

「愚問だな。まずは念入りにその体が処女《おとめ》であることを検《あらた》めさせてもらうぞ」

言うが早いかアーデルは甘い息を吐いて、次の呼気に合わせるごとく首筋にしゃぶりついた。

「……っ……あ……！」

薄い皮膚に濡《ぬ》れた熱い舌が這う。唇の裏側で食《は》まれ、舌先で舐《ねぶ》られる感覚は、自分が捕食される恐怖をも喚起する。それなのに——。

どうしてだろう。

全身に、甘やかな痺《しび》れが広がっていくのを止められない。彼の唇が触れている耳の下から鎖骨へと肌が粟立《あわだ》ち、押し上げられた衣服のあたりを通過した刺激が、あえかに尖る胸の先まで伝わっていく。

首筋を上へと這ってきた唇の温度に酔いしれていると、前歯が耳飾りを軽く嚙んだ。舞に合わせて揺らぐ装飾品が敷布に落ちて、やんわりと耳朶《みみたぶ》を甘咬《あまが》みされる——。

「……ん……っ」

自分らしからぬ淫らな嬌声《きょうせい》が漏れてしまいそうで、ライラは必死に唇を引き結んだ。素肌にくちづけられてはしたない声をあげるのは、相手が誰であれ恥ずかしい。いや、相手がアーデルだからこそ恥ずかしいのかもしれない。簡単に乱れる女だと、彼に蔑《さげす》まれるのが怖かった。それでなくとも、信じられないほど体中が敏感になってしまっている。

——どうして、こんな……。

ライラ自身も知らずにいた。自分の体は、甘くくちづけられると蕩《とろ》けてしまいそうになるということを、くちづけは唇以外の場所にするのも褥《しとね》では当たり前のことだということを、アーデルは言葉ではなく行動で教えてくれる。彼の唇が、吐息が、伏せた睫毛でくすぐられる密《ひそ》やかな刺激さえもが、ライラをゆっくりと煽っていく。

堪えきれない情動的な快楽を味わう彼女の耳から、アーデルが唇を離した。なんとかやりすごしたと安堵《あんど》の息を吐き出すと、それを見越していたかのように彼はライラの青い瞳を覗きこんだまま、指先できゅんと尖った胸の頂を弾く。

「……ひ……ッ、あぅ……」

須臾《しゅゆ》のみだりがましい刺激を受けて、油断していた唇が淫靡《いんび》な喘《あえ》ぎを口走ってしまう。堰《せ》き止めていた艶声《つやごえ》は、防波堤を失って次から次へとこぼれていく。もう我慢ができない。ライラはぎゅっと目を閉じて、優美な指に乳首をあやされながら浅い呼吸を繰り返した。

「こんなに感じているのに、必死で声を堪えたりしてかわいらしい。ライラ、おまえは俺の前にすべてをさらけ出せ。隠すことなど許さない」

言い終えると、アーデルが愛らしくつぶらな胸の先を唇で咥《くわ》えこむ。濡れた粘膜がねっとりと絡みつき、敏感な突起がひどく痺れたように疼《うず》いてしまう。

「あ……、ぁ、やぁぁ……っ……！」

閉じた眦から、透明な雫《しずく》が頬を伝っていく。初めて感じるやるせないほどの快感に、必死で慣れようとする彼女を翻弄《ほんろう》する唇がきゅぅっと窄《すぼ》まった。熟れた桃《ホーフ》を思わせる乳暈《にゅううん》を口腔《こうこう》におさめたアーデルは、もう一方の先端を親指と人差し指で軽く捏《こ》ねる。そして窄めた唇で、甘い蜜を啜《すす》るかのようにライラの果実を吸い上げた。刹那、彼女は細腰がびくりと跳ねるのを止められない。

「……ぅ……、ぁ、ぁ、ダメ……ぇ……っ」

しかし、拒んだところで力強くしなやかな彼の体は、ライラの抵抗ごときでは揺るがない。しっかりとライラを寝台に押さえつけ、アーデルは美味なる果実をしゃぶる。そのたびに、泣き声とも嬌声とも判断のつかない声が彼女の唇からこぼれ落ちた。

「あぁ、ぁ、殿下……、もう、お許しを……」

ぴっちりと閉じ合わせた足の間が、自分でもわかるほどにぬかるんでいる。薄衣に包まれた腰を揺らして、快楽を逃《のが》そうとしても無駄だ。胸から伝達された甘苦しい刺激が腰の奥に集結し、僂い間《あわい》は媚蜜《びみつ》にあふれかえる。

「は……、悦《い》い反応だ。だが、これでは処女《おとめ》かどうか疑わしくなってくるではないか」

彼の指と唇に乱されるライラと同じくらい、せつなげな息を吐いてアーデルが掠れた声で囁《ささや》いた。

「わたし……、こ、こんなこと……誰にも許したことは……あ、ぁッ……！」

自らの純潔を訴えようとすると、口ごたえを禁ずるとばかりに彼は強く胸を吸う。淫奔《いんぽん》に揺れる腰が恥ずかしくて、ライラは敷布をきつく握りしめた。そうしている間にも、膝

下まであるやわらかな青い生地がめくられ、彼の手のひらが内腿《うちもも》を撫でまわす。胸とはまた異なるくすぐったいようなもどかしさに、ライラは腰を捩《よじ》って逃げようとした。

「駄目だ。ここを確認しなければ……」

膝裏に手を入れられたと思った次の瞬間、上半身を起こしたアーデルが白い足を大きく左右に割り広げる。足首につけた鈴が、しゃらりと澄んだ音を響かせた。

下穿《したば》き代わりの腰布が、か弱い少女の最後の味方だったのはほんの束《つか》の間――。

「いやぁ……っ！　そこは、そこだけは、許してくださ……、ひ……っ」

懇願したところで彼女の願いが聞き届けられるはずもなかった。金の王子《ダハブ》は三重に巻いた布をいとも容易くゆるめてしまう。誰にも見られたことのない無垢な合わせ目が、怯えるように震えた。

「やめ……っ、お、お願いです！　お願いですから……、どうか……」

苦しげにアーデルが息を吐くのが感じられる。今、彼の目にはライラの秘された愛らしい淫畝《いんせ》が映っているのだろう。それを思うと、ライラは羞恥《しゅうち》で呼吸さえままならない。

鎖骨まで赤く染めて、彼女は嗚咽《おえつ》を漏らす。

「――怖がらなくていい。大丈夫だから……」

それまでずっと、ナシームの屋敷で再会したときから冷たく突き放すようだった声音が、初めて会った日と同じくらい優しくなった。だからといって、未知の部位を弄《まさぐ》られるのが怖くないはずなどない。ライラは怯えきってしゃくりあげる。

手入れをされた指が、彼女の柔肉をゆっくりと左右に押し広げた。濡れに濡れた蜜口《みつくち》が空気に触れると、室温すら冷たく感じる。ライラはもう抵抗すらできずに、彼の為《な》すがままじっと耐えるばかりだ。

「そう、力を抜いているんだ。痛いのは嫌だろう?」

「……は、はぃ……」

涙に濡れた声でかろうじて返事をし、言われたとおり緊張しきった足腰から力を抜こうとするも、彼が指を宛《あ》てがった部分はどうやって力を抜けばいいのだろうか……。

「……っ……は、……ゃ、ぁぁ……っ」

ぬちり、とかすかに蜜音が響く。

小さな入り口に指の先が入り込み、ただそれだけだというのにライラの淫襞《いんぺき》が痛みを覚えた。何物も受け入れたことのない清らな粘膜を擦りながら、アーデルの指が奥へ奥へと進んでくる。

「やぁ……！　痛……っ……」

ひりつく襞《ひだ》の隙間《すきま》を指腹が撫でる感覚に、額にはうっすらと汗の玉が浮かぶ。淫猥《いんわい》に装束を乱されてなお、敷布に広がる黒髪は彼女の清純さを包み込んでいた。

中指の付け根が、きゅぅっと収斂《しゅうれん》した蜜口に密着する。アーデルは内部で軽く指を曲げた。

「……っ……は……！」

力を抜かなくてはと思っていたことさえすでに忘却の彼方《かなた》、穢《けが》れない秘膜は打ち震え、たった一本の指ですら食いしめてしまう。

「……ふ、間違いなく処女だな。いっそおまえが純潔を失っていれば、こんなことにはならなかったのに、ほかの誰も受け入れたことがないと知って喜んでいるだなんて——俺はなんと愚かなのだ」

アーデルの苦渋に満ちた声を聞き、ライラはおそるおそる瞼を持ち上げた。涙膜で視界がにじんでいるけれど、浅黒い肌に金の髪の美しい王子が唇を嚙む姿がぼんやりとその目に映る。

唐突に、彼は挿《さ》し入れていた指を抜き取った。

恐怖に畏縮した体を思うように動かすことができず、ライラは震える両手で腰まわりの薄布をかき集める。次いで、胸元を整えた。

——わたしの純潔を確認して、今度は何をしようというの……？

何より、彼の言葉には矛盾を感じる。

ライラが処女《おとめ》だとわかったアーデルは、苦しげな声を漏らしたというのに、その反面喜んでいるとも言った。どんな因果で自分ごときと婚約しようと思ったのかは不明だが、すでにこの体が男性を知っていれば望まぬ婚約を回避できたということだろうか。だとすれば、彼は心底ライラとの婚約を嫌悪しているという意味になる。その事実に気づいて、ライラはまた泣きたくなった。

憧れた人は、手の届かぬ金《ダハブ》の王子。

婚約などと身の程知らずな願いを抱いたことは一度たりとてなかったというのに、今のライラは彼にとって厄介な存在になりつつあるのだろう。

思い悩む彼女を尻目に、アーデルは寝台から下りて前髪をかき上げる。その所作のひとつひとつがあまりにも艶美《えんび》で、ライラは何も言えずに体を起こした。

のろのろと寝台の脇に足を下ろした彼女の姿を一瞥《いちべつ》すると、アーデルは卓の上に置かれた鈴を手にとる。軽く鳴らすとすぐに廊下を歩いてくる誰かの足音が聞こえた。

「――ということで、託宣の結果からかんがみるにあなたこそがアーデル殿下の婚約者に相応しい女性なのです」

長い茶髪を一束《ひとたば》ねにし、右肩にゆるりとかけた男性は、一通りの説明を終えると細い目をさらに細めてにっこりと微笑んだ。

先刻、アーデルが鳴らした鈴に呼ばれてやってきた人物こそが、彼――ラヒムである。

先祖代々、宮廷占者を務める家系の嫡子であり、アーデルとは子どものころからの付き合いだというラヒムは、人の好《よ》さそうな穏やかな表情の青年だった。その外見に即したやわらかな声に、ひどく怯えきっていたライラもいつしか自然と話に集中してしまったほどだ。

「わかりましたか、ライラ？」

彼女の理解を確認しようと、ラヒムが静かに尋ねる。その後ろで、アーデルは興味なさげに絨毯に座り、蒸留酒を呷《あお》っていた。彼にとってはおもしろくない話ということなのだろう。それを思うと、ライラは胸がずきずきと痛むのを感じた。

――なんとかして、断ることはできないのかしら。わたしなんて、王室に嫁ぐ身分ではないんだもの。

アーデルへの憧れは、決して彼を苦しめるための感情ではない。遠くにその姿をちらりと見られるだけで、心が充溢するような幼くかわいらしい恋心ゆえ、当の本人から疎まれるのはいっそうライラにはつらい境涯となる。

「お話はわかりました。ですが……わたしが家を出たら、病気の養父《ちち》がひとりぼっちになってしまいます。どうぞ、ご容赦くださいませ」

手織り絨毯の緻密《ちみつ》な文様に額を擦るほど低頭し、ライラは小さいけれどはっきりとした声でそう言った。

踊り子風情が王子の申し出を断るのだから、この場で首を斬り落とされても文句はなかった。その結果、アーデルが望まぬ婚約から逃れられるなら、彼にとっても悪い話ではあるまい。

そっと顔を上げると、ラヒムは微笑みを崩すことなくライラを見つめている。穏やかな表情というものは、常笑の仮面にも見えて底が知れない。居心地の悪さにうつむいた彼女の耳に、不機嫌そうなアーデルの声が届く。

「心配するな。王子の婚約者となる娘の父親ならば、最高の治療を受けさせる。ラヒム、癒しの家に手配はできるか？」

「ええ、もちろんです。最初から、彼女がそう言うだろうことは予想していましたからね。ライラ、どうぞ安心ください。あなたの養親《やしないおや》であるイムラーンには、王都の医療施設で治療を受けるための準備をします。ニハーヤ村での生活に比べれば、画期的な回復も見込めることでしょう」

そつがないとは、こういうことを言うのだろう。彼らは、ライラの身上も経済状況も、当然養父の病状までも調べあげていたのだ。

――あの日、殿下がわたしを助けてくれたのも、婚約のためだったというの？

イシュマエルたちからライラを守り、ラクダの背に乗せて家まで送り届け、彼女の淹《い》れた茶をおいしそうに飲んでくれたアーデルの姿が脳裏をよぎる。そのすべてが、偽りだったとは思いたくない。

「今夜はお疲れかと思いますし、最低限の説明は終わりましたので私はこれで失礼します。この部屋は、あなたのために殿下が調度品をそろえてくださったのですよ。これからはここを自分の家と思い、六日後の婚約の儀までゆったりと寛《くつろ》いでください」

言うだけ言うと、ラヒムはさっさと部屋を出ていこうとする。ライラは慌てて彼の背中に呼びかけた。

「あ、あの、ラヒムさま……」

「はい、なんです？」

疑問も疑念も不安も焦燥も、そのすべてを嚥下《えんげ》して、ライラはひとつの礼を口にした。

「養父のために尽力してくださるお気持ち、心よりありがたく思います。なんと感謝すればよいかわからぬ不調法をお許しください。本当にありがとうございます」

深々と頭を下げた彼女を見て、一瞬ラヒムは真顔になる。しかしその表情にライラは気づかない。

「……いえ、良いのですよ。それでは殿下、ライラ、ゆっくりおやすみください」

――え？　殿下は、ご自分のお部屋に戻らないの……？

ラヒムの足音が遠ざかっても、ライラは頭を下げたまま身動きできずに硬直していた。

そんな彼女の動揺などつゆ知らず、アーデルは手にしていた杯を卓に置くと、さっさと履物《ナツル》を脱いで寝台に横たわる。

「……あ、あの、殿下……？」

「そう不安そうな顔をするな。これから婚約の儀までの六日間、夜はこの部屋で共に過ごすのだからな」

王族の婚約前には、一定期間の同室生活が必須《ひっす》である。事実として認識していても、まさか自分が王子と婚約することになるなど考えもしなかった。同じ居室で暮らすということは、彼がこの部屋で眠るのも当たり前だというのに。

背の高いアーデルが体を伸ばす姿を見て、ライラは絨毯の上にちょこんと座り直した。これほど立派な毛足ならば、眠ってもきっと平気だろう。少なくとも、彼の隣で眠るよりはぐっすり眠れる。そう思って、指先で絨毯の忍冬文様をなぞっていると、寝台の上から咳払いが聞こえてきた。

「……？」

先ほどまで酒を飲んでいたはずだが、喉が渇いているのだろうか。この場には侍女もおらず、彼が飲み物を求めているならばライラが用意をする必要がある。

室内を見回すと、卓の上には水差しが置かれていた。立ち上がってそちらに向かう彼女の背中を、もう一度わざとらしい大きな咳払いが追いかけてくる。

「あの、今、お水を……」

「水はいらん。いいから来い。今夜は遅いから、入浴は明日の昼間に準備をさせておく。

着替えは——そうだな、着替えも明日届けさせよう」

ぶっきらぼうな口調ではあるが、彼女の体を検めていたときよりも少しばかり優しい声で、アーデルはそう話しかけた。

「ですが……」

「何度も言わせるな。——来い」

銀象嵌《ぞうがん》の燭《しょく》に揺れる明かりに照らされ、翠瞳がライラを誘《いざな》う。

——殿下は、わたしとの婚約をお望みなわけではない。だけど……。

そばに近づけば、心が震える。そのぬくもりを知れば、唇がわななく。抱きしめられれば、たまらなく愛しさがこみあげる——。

このままアーデルと婚約できるはずなどないと知りながら、ライラは拒むことができなかった。憧れの王子が自分に向けた眼差しに逆らえない。心ここにあらずといった様子で、ライラはゆっくりと寝台に近づく。

きっと、今夜は眠れない。

長い夜になる覚悟を決めて、彼女はアーデルの隣にそっと手をついた。

「……やっと眠ったか」

腕の中で眠るライラを見つめて、アーデルはせつなげにため息をこぼす。

隣に眠るだけだと言って、抱きしめられるのを必死に断る彼女の紅潮した頬、両腕で強引に抱き寄せたときの小さく愛らしい悲鳴、緊張しきった心臓が奏でる早鐘の律動。その何もかもが愛しくてたまらない。

アーデルは、長い指でライラの黒髪を優しく優しく撫でる。初めて出会ったときと同じように、彼女が眠っている間ならば慈しむことが許されるはずだ。

「何かの間違いであってほしかったが、本当におまえが寵託《シニャーガ》だとは……。国を救うためとはいえ、神も酷な仕打ちをするものだ」

華奢な体を抱きしめて、アーデルは目を閉じる。本心では、誰よりも優しく甘やかしてライラをかわいがりたいと思っているが、それすらもかなわないことを彼自身が知っていた。

寵託である彼女を、女として愛することは許されない。

遠くない未来、ライラの命は失われるのだ。希望を見せれば、彼女とて死ぬのがいっそう恐ろしくなるだろう。今はまだ何も知らないとしても、優しくしてはいけないのだ。愛してはいけないのだと、何度も自分に言い聞かせる。

守りたいと思った女が、神に捧げなければいけない存在だと知ってなお、彼の胸にあの日宿った甘くせつなく心を惑わせる炎は消えない――。

第二章　淫《みだ》らな指が奏でしは

中央宮殿の使用人たちは、侍女も護衛兵も、おそらく厨房《ちゅうぼう》の人間ですらライラより高い身分のはずだったが、誰ひとりとして彼女を蔑《ないがし》ろにしたりはしなかった。ただし、親しく話をすることもなく、ライラは常に孤独を感じながら豪奢《ごうしゃ》な檻《おり》に閉じ込められている。

王宮に連れてこられた翌日、ライラが目覚めると寝台にアーデルの姿はなかった。託宣によって決められた婚約者など、彼は認めていないのかもしれない。第一王位継承権を有し、民たちから慕われる金《ダハブ》の王子。そのアーデルが、自分のような身分の女性と婚約したいと思う理由がそもそも存在しないのだから、喜んでいないのも当然だ。

ライラは託宣について詳しくはないが、ラヒムの説明によれば水鏡を用いた占いのようなものらしい。神の気まぐれで踊り子を后《きさき》に迎えねばならぬなど、国でもっとも高貴な稀《まれ》人《びと》であるアーデルには屈辱なのではないだろうか。

それならば、自分がこの王宮から出ていくしかない。ライラは寝台の上でひとり、昨晩から着ていた踊り子装束のやわらかな布地を握りしめた。

しかし、事はそう単純ではなかったのだ。

まず、アーデルの婚約相手となるライラには、常時十人以上の侍女が付き従った。着替えをするのも食事を摂《と》るのも、当然ながら入浴時や昼寝の間も、あまつさえ閑処《かんじょ》に行く際にも入り口前で待機している始末だ。これでは人目を避けて逃げ出すなどできるとは思えない。

彼女たちがライラから離れるのは、アーデルと共用の寝室で過ごす時間に限られる。だが、侍女たちがいない代わりにアーデルがそばにいるのだから、やはり逃げる方法はなかった。

美しい刺繍《ししゅう》をあしらった漆黒の覆長衣《アバヤ》を身にまとい、長い黒髪を香油で梳《と》かし、明るいうちからたっぷりと沸かした湯で体を清める生活が魅力的でないとは言わないが、これは自分が享受していいものではない。ライラはもとより堅実な性格で、身分不相応な高望みをしない少女だった。養父の率いる旅芸人一座で育ち、贅沢《ぜいたく》よりも客に喜んでもらうための術《すべ》ばかりを学んできたことも一因だったのかもしれない。

何より、婚約者となるアーデルが彼女を心から受け入れてくれていないのだから、王宮での生活に居場所を求めるのは困難だった。

彼女が王宮にさらわれてきた夜も、アーデルはひどく無口に思えたものだが、あれ以降はさらに会話のない時間を過ごしている。同じ寝台で眠っていても、ライラにはアーデルが何を考えているのかまったくわからないままだ。

もし彼がライラとの婚約を望まず、婚約成立を防ぐための手立てに協力してほしいと願うなら、彼女は喜んで尽力したことだろう。事実、頼まれていなくともライラはライラなりに王宮から出ていくための道を模索している。

だが、アーデルはそれすら言ってはくれなかった。

たくさんの人間に囲まれているのに、孤独に苛《さいな》まれる――。ライラは、ほんの二日で寂しさに息苦しくなっていた。

いや、それにも増して彼女の心を苦しめるのは、自分の心を制御できないことだ。

アーデルは夜になると、寝台でライラを抱きしめて眠る。それはおそらく、婚約前の夜の過ごし方として定められているためだと、ライラはひそかに考えていた。そうでなければ、寝所を共にしても互いに背を向けて眠ることも可能なのだから。

掟《おきて》に従い、自分を抱きしめて眠るアーデルがどれほど不快に感じているかはかりしれないというのに、彼に触れられていると今までに感じたことのない安心感がライラの胸に充満していく。そんな自分を知れば、アーデルの不興を買うに違いない。けれど、どうしても高鳴る鼓動を抑えることができなくて。

――そばにいるだけで胸が高鳴るだなんておかしいわ。殿下のご気分を害してしまうかもしれないというのに、どうしたらいいの？

愛されていないのは自明の理。求められず、望まれず、せめて足枷《あしかせ》にだけはなりたくないと強く願うのに、ライラの胸は彼女を裏切ってアーデルが近づくと早鐘を打つ。こんな気持ちになるのは罪深いことだ。彼にすれば不愉快でしかないだろう。

胸に秘めた懊悩《おうのう》を誰にも相談できず、ライラはその日もひとりで王宮の庭を散歩していた。正確には彼女の数歩後ろにずらずらと侍女が並んで歩いてきているのだから、ひとりとは言えないのだが……。

ふぅ、と小さくため息をつく。

空は青く、雲ひとつない。どこまでも澄んだ美しい晴天の下、ライラはこれからの身の振り方に頭を悩ませる。せめて侍女たちともう少し気軽に話ができれば、ここから逃げ出す算段に協力してくれる者もいるかもしれないが、そういった事態を防ぐ意味合いもあるのか、誰もが必要以上にライラと会話をしてくれない。

——本当に、どうしたらいいんだろう。このままでは、殿下にご迷惑をかけ続けるばかりだというのに、わたしはあまりに無力だわ。

もう一度ため息をつきそうになった自分に気づき、ライラは軽く首を横に振った。巻頭《ヒジャ》布《ブ》で覆った黒髪が、布の下であえかに揺らぐ。

するとそのとき、どこからともなく極彩色の美しい小鳥が空をまっすぐに横切って、ライラのもとへ飛んできた。背後で侍女たちが小さくざわめくのを感じたけれど、その小鳥の姿にライラは青い瞳《ひとみ》を輝かせる。

「シャフィーク！　わたしを追いかけてきてくれたの？」

頼りなげな薄い肩にとまったシャフィークは、チチ、チ、と高い声で鳴くと、いつもと変わらぬ黒い瞳でライラを見つめた。

なんと不思議な鳥だろう。旅をしている間も、ニハーヤ村へ越したあとも、シャフィークは当然のようにライラのもとへ飛んでくるのだ。そして今、幾重もの警備と壁に囲まれた王宮の深奥部まで――。

「ありがとう。本当は心細かったの。シャフィークがきてくれて、わたしとっても嬉《うれ》しいのよ……」

あまり大きな声を出すと、侍女たちに訝《いぶか》しがられる。ライラは肩にとまった小鳥にだけ聞こえるよう、小さな小さな声で話しかけた。

その日から、シャフィークは王宮内で幾度もライラの前に姿を現すようになった。

＊＊＊

夕刻が近づき、王宮の白い壁が橙《だいだい》色に染まりかけたころ、ライラは夕食前の時間を壁の凹《へこ》みに造られた小室《アルコーブ》でまどろんでいた。寝所の一角に紗織布《さおりぬの》で仕切られた小空間は、どこもかしこも広く豪奢な王宮で、ライラがもっとも気に入っている場所だ。寝室内なので、侍女たちがついてくることもない。彼女たちは彼女たちで、寝室の外廊に並んでおしゃべりでもしているだろう。ライラの前では無口な侍女たちが、普段は楽しげに話していることも知っている。自分だけがその輪に入れないのもわかりきっているからこそ、ライラは時々ひとりになりたくなる。

大勢に囲まれているときの孤独と、ひとりの時間を満喫する望んだ孤独には大きな隔たりがあった。ライラがそのことに気づいたのは、王宮で暮らしはじめてからだ。かつての彼女は一座の仲間たちと家族のように親しくしていたし、ニハーヤ村に越したあとでさえイムラーンだけはいつもそばにいてくれた。

――だけど、今は違う。できることなら、わたしの身が透明になったらいいのに。そうすれば、誰の手も煩わせることなくここから出ていける。

まどろみの中にいてさえ、ライラは心休まることなくひそやかな寂しさを感じていた。

「失礼いたします。ライラ、どちらにいらっしゃいますか？」

不意に男性の声が聞こえて、彼女は慌てて起き上がる。室内にいるときは、巻頭布《ヒジャブ》も覆長衣《アバヤ》も身につけず、やわらかな布地の優雅な衣服だけをまとっていた。だが、この格好で家族以外の異性に会うことは許されない。急いで覆長衣を羽織る。

王宮最奥部に入ってくることを許可された男性は多くない。本来ならば、王子の婚約前生活を営むための居住区には、一切の男性が足を踏み入れることが禁じられていたそうだ。しかし、アーデルはライラの護衛のために選び抜いた数名の兵士と、占者であるラヒムにだけはこの部屋への出入りを許した。その中でも、ライラと会話をするのはただひとり――。

「いかがされましたか、ラヒムさま」

手早く巻頭布《ヒジャブ》を頭に巻きつけると、部屋との仕切りにかけられた紗織布を上げて、ライラは小室《アルコーブ》から顔を出す。

思ったとおり、寝室の入り口に立っていたのはラヒムだった。男性にしてはかなり長い茶髪を、いつもと同じくゆったりと束ねて右肩に垂らしている。

占者はサフィール国内でも特別な存在で、血筋と才能に恵まれなければ名乗ることができない。そのため、ライラはラヒムと知り合うまで占者と出会った経験がなかった。今も彼以外に占者は知らないが、ほかの者もラヒムのように独特な空気をまとっているのだろうか。

「殿下のいない時間にお邪魔する無礼をお許しください。あなたの養親《やしないおや》であるイムラーンのことでお話に参りました」

「父さんの……、養父《ちち》は元気にしているのでしょうか」

なんの挨拶《あいさつ》もできぬまま養父と離れ離れになってしまったライラは、イムラーンが医療施設で暮らすことを聞いてはいても、ずっと気にかけていた。

少々気難しいところもあるが、誰よりも慈悲深く敬虔《けいけん》な信仰者の養父は、ライラにとって唯一の家族なのだ。捨て子だった自分を拾い、異端の外見を気にすることなく愛し、育ててくれた。養父にはいくら感謝してもしたりない。

「ええ、視力が戻りそうだとのことです」

「まあ……！」

滋養と療養だけでは治らないと医師から言われていたが、治療のための薬は高価で、ライラが仕事を見つけられずにいる間、イムラーンの病は悪化の一途を辿《たど》っていた。その養父が、たった数日で――。

「ありがとうございます、ラヒムさま……」

青い瞳に涙を浮かべ、ライラは心の底から喜びに震える。王宮での生活に不安は常につきまとったが、自分がここにいることで養父が治療を受けられるなら、どんな不安も受け止めよう。ニハーヤ村に戻れたところで、彼女を雇ってくれる人間はいないのだ。

「じゅうぶんな栄養を摂取して、薬を服用さえすれば治らない病ではないのです。一ヵ月も経《た》つころには、おそらく日常生活に困らない程度まで回復するだろうと医師が言っていました」

ラヒムの穏やかな声と、語られる内容に安堵《あんど》しながら、同時にライラは自分が王宮にいる理由を思い知る。イムラーンが何十人もの順番待ちがあるとされる医療施設に特別な待遇で入所できるのも、高額な治療を受けられるのも、すべてはライラが託宣によって選ばれたアーデルの婚約者だからだ。

――でも、これではわたしにばかり幸運で、殿下には喜ばしくない未来が訪れてしまう。

憧れた男性の婚約者になれるという境遇は、ライラからすれば心躍る奇跡だった。そのうえ養父の治療までしてもらい、天秤《てんびん》は幸福に大きく傾いている。しかしそれは、アーデルにとって何一つ興味のない事柄だろう。

――わたしはなんていやな人間かしら。自分さえ幸せならば、婚約するお相手である殿下のお気持ちさえ慮《おもんぱか》ることができないなんて。

数瞬前まで喜びに頬《ほお》を緩ませていたライラが、首をうなだれて黙り込んだのを見かねたラヒムが声をかけてくる。

「ライラ、イムラーンのことは心配いりませんよ。なぜそう暗い表情をしているのです」

「そ、それは……」

ずっと誰かに聞きたかった。

けれど、尋ねる相手さえいなかった。

――あの方のそばに、本当にわたしはいていいの？

アーデル自身に問うべきと知っていても、毎夜ほぼ挨拶程度の会話しかしてくれない彼を前にするとライラのささやかな勇気は霧散してしまう。だが、アーデルと幼いころから

オカルトミステリー
クールな千祥、アツい瑞希。
孤島の謎を追う!
虚空に響く鎮魂歌《レクイエム》
Homicide Collection
篠原美季
イラスト/加藤知子
ホワイトハート最新刊
奥多摩で発見された白骨化した
人間の足と、絶海の孤島で発見された死体。
ふたつの事件の接点とは? ホミサイドシリーズ、
ラストミッション!
定価:本体600円(税別)

親しくしているというラヒムならば、彼の気持ちもわかるのではないだろうか。

ライラは、指の関節が白くなるほど手をきつく握り、意を決してラヒムを見上げた。

「……本当にわたしのような者が殿下の婚約者でよろしいのでしょうか？」

彼女の深刻さと対照的に、常笑の占者は穏やかな口調で諭すように語る。

「水鏡が教えてくれたのですよ。あなたがアーデル殿下に相応《ふさわ》しい女性だと」

あまり何度も尋ねては、その託宣を行ったラヒムの占者としての能力を疑っているように聞こえてしまうかもしれない。ライラは自分がアーデルに相応しくない理由を、水鏡とは無関係な部分から説明しようと考えた。

「でも、殿下はわたしを見ると不愉快そうなお顔をなさいます。話をするのもお望みと思えませんし、どなたか想う方がいらっしゃったのでは……」

類まれなる美丈夫で、建国の祖である王の再来と言われる金の髪の王子ならば、今までに深くかかわった女性がいてもおかしくはない。ライラの身分や容姿を気にすることがなくとも、心に決めた相手がいるとすればこの婚約は彼に不利益でしかないのだ。

今にも泣き出しそうなほど真剣な眼差《まなざ》しを向けるライラを見て、ラヒムは細い目を見開いたかと思うと二度三度と瞬《まばた》きを繰り返した。それから破顔一笑し、やわらかな笑い声をあげる。

「そんな方はいらっしゃいませんよ。殿下は女遊びに興味をもたなすぎて、周囲から心配されるほどの方なのです。親しい女性も存じませんし、恋愛よりも国の未来に夢中で。

――ただ、とてもお優しい方なので、心を悩ませているのかもしれませんが……」

初めて会った日のアーデルを思えば、彼が女性を蔑ろにする男性でないことは火を見るより明らかだった。だからこそ、密《ひそ》かに想う相手がいるのではと懸念していたのだが、誰よりも親しいラヒムがこうまで言うならばそれも見当違いだったらしい。

――心を悩ませていらっしゃるというのは、どういうことかしら。

ラヒムの最後の言葉が気にかかり、再度それについて尋ねようと口をひらくより先に、彼は自分の失言に気づいたのか笑みを深めた。

「いえ、ライラが気にすることではありません。むしろ、殿下は女性と親しくされたことが少ないので、あなたから話しかけてみてはどうでしょうか?」

ごまかされたようにも感じるが、彼の言葉には一理ある。ライラはいつも、怯《おび》えてばかりいた。アーデルの前では特に、身分の差や無礼をはたらいて不興を買ってしまうことばかり気にして、自分から話題を振った記憶もない。そんな女と共にいて、彼が楽しいはずもなかった。

「そう……ですね。初めてお会いしたときは、今と違っていらっしゃいましたもの……」

「初めて会ったのは、宴《うたげ》の夜ではないのですか?」

驚いた様子のラヒムに、ライラは慌てて口元を白い指で押さえる。

「いえ、あの……」

ニハーヤ村での出会いは、ふたりだけの心に留《とど》めておきたい。勝手と知りながら、ライラはそう思っていた。だがアーデルは違うかもしれない。ラヒムがライラを託宣の結果として示したときにでも、顔見知りであることを告げているのではないかと思っていたが、どうやら違っていたようだ。

「おやおや、ライラは教えてくださらないのですね。では、機会があれば殿下にお伺いしてみることにいたしましょう。ですが、あなたの考えは間違っていませんよ。どうぞ、お心のままに」

来たときと同じで、ラヒムは唐突に寝所を去った。残されたライラは、かすかな希望に鼓動が速まるのを感じながら決意を固める。

――今夜は、わたしから殿下に話しかけてみよう。もしかしたら、あの日のように優しく笑ってくださるかもしれない……。

愛してもらいたいだなんて、毛頭思わない。

婚約がなくなったとしても、それが彼の望みなら悲しんだりしない。

それでも、近くにいれば次第に欲は深くなる。会えないときには、一目その姿を焼きつけたいと願うくらいだったというのに、今のライラはアーデルの笑顔を見たいと思っている。

果たして、それは過ぎたる願いなのか。それとも――。

彼女の思いをよそに、夜は刻一刻と近づいてくる。


夕食を終えて、夜着に着替えたライラは窓際に座り、ぼんやりと空を見上げていた。もともと自然を愛する気持ちはあったが、王宮に来てからというものほかに娯楽らしい娯楽もない。正しくは、ニハーヤ村で暮らしていたころも似たようなものだったと言うべきだろう。

昨晩は、こうして夜空を見つめる間も胸にこみあげる不安に押しつぶされてしまいそうだった。だが、今の彼女は違う。不安は不安でも、アーデルに話しかけることを前提とした前向きな懸念だ。

アーデルが寝所に来るまでは、まだしばらく時間がある。彼は眠りにつく直前まで、別の場所で過ごしているらしい。あるいは執務に追われているのだろうか。なんにせよ、夜遅くなるまでライラが広い室内にひとりぼっちだということだけは確かだ。だが、それすらも昨日までの常識だったということを彼女はまだ知らない。

――いきなり親しげに話しかけるのは失礼だと思う。最初は、養父の治療の話をしてお礼を言うのがいいかしら。それとも、今日はどんなお仕事をしてらしたのか聞いてみるというのも……。

王宮が夜の帳《とばり》にとっぷりと包まれたあとでさえ、寝所の外には侍女や護衛兵が配置されている。ライラは過保護なまでに大切にされていた。室内の香炉には常に乳香《リバーン》が焚《た》かれ、樹脂が尽きるより早く侍女が新しいものと交換をしてくれる。明かりが必要な時間帯は、四隅と卓に置かれた燭《しょく》が消えないよう、幾度も確認のため侍女が足を運んでくる。これほどまで他者が自分の生活を見守ってくれているのは、ごく幼いころ以来だ。

最初は慣れなくて、侍女が部屋に来るたび、なんと礼を言うべきか迷ってはおかしな謝罪をしてしまうこともあった。それを思えば、少しはライラも王宮で暮らすことに馴染《なじ》んできているのだろう。今なら、侍女が甲斐甲斐《かいがい》しく世話をしてくれることに対し、自然な声で礼を言える。

彼女が慣れていないのは、アーデルに対してだけだった。

寝所に続く廊下を、複数の足音が近づいてくる。侍女たちが何かを運んできたのかもしれない。今夜はすでに着替えも終えているし、特別な用事はないと思っていたが、ライラの知らない予定でもあるのだろうか。

窓際にぺたりと座ったライラは、じっと入り口を見つめる。すると、そこに現れたのは思いもよらない人物だった。

「……殿下、どうされたのですか、こんな時間に……」

翡翠《ひすい》の瞳がまっすぐに彼女を射抜く。

いつもの白い長繋服《ディスダーシャ》に、今日は珍しく黒地に金の刺繍を施した外衣《ビシュト》を羽織ったアーデルは、背後に並ぶ侍女たちに「運べ」と指示すると自分は一歩下がって室内を廊下から眺めている。

日頃からアーデルの麗しい容姿には目を瞠《みは》るものがあるのだが、彼はあまり華美な服装を好まないらしく被頭布《ゴトラ》も簡易的なかぶり方をすることが多い。外衣を着ていないのもその一環だと思っていた。

だが、今日に限っては背の半分もありそうな長布の被頭布に鮮やかな赤の留具《アガル》、普段は左耳の後ろに垂らしている飾紐《タルブッシュ》も正装らしく項《うなじ》にまっすぐかかるようにつけている。かすかに覗《のぞ》く金の前髪も、その下できらめく翠瞳《すいとう》も、すっとした鼻梁《びりょう》も形良い唇も、しなやかな抜き身の刀剣を思わせる体躯《たいく》も、何もかもが美しい男性だとライラは改めて実感していた。彼に見惚《みと》れるあまり、侍女たちが運び入れている盆の上のものに気づくのが遅れたのも無理はない。

室内には、乳香《リバーン》を焚く炭のほのかな煙が揺らめき、とろりとした香りに慣れたつもりでいたが、今夜はひときわ鼻腔《びこう》を甘やかにくすぐる。

侍女たちが去ると、アーデルはゆったりと長繋服の裾《すそ》をさばいて絨毯《じゅうたん》の上に胡座《あぐら》をかいた。床に並ぶ銀盆には、色とりどりの果実と、木の実をフィロ生地で包んだ揚げ菓子、蜜《みつ》を塗った焼き菓子が何種類も贅沢に盛られている。

夕食を摂っていくらも経たないというのに、見ているだけで口の中が甘さを感じるような豪勢な甘味の数々。盆のひとつを軽くライラのほうに押しやって、アーデルが片膝《かたひざ》を立てた。

「いつまでぼんやり見ているつもりだ？　おまえのために用意させた。来い」

「は、はい」

おずおずと立ち上がったライラは、卓に置かれた飲み物を杯に注ぎ、アーデルの横にそっと置く。

「……おまえはいつもそうだな」

盆を挟《はさ》んで彼の正面に座ると、金《ダハブ》の王子は困ったような笑みを見せた。

「いつも、ですか？」

何がいつもなのかわからずに、ライラは困惑しながらアーデルを見つめる。純真無垢《むく》な青い瞳に麗しい王子だけが映っている。

「いつも自分より他人のことを気にしているだろう。強引に王宮へ連れ込まれて、ひどいことをされたはずなのに、今だって俺を気遣う」

ライラにすれば、なんら特別なことではなく当然の振る舞いだ。信仰心に厚い養父の教えは、礼儀正しく他人を思いやる心を忘れるなという一点に尽きた。

「……俺を恨んではいないのか？」

被頭布《ゴトラ》の端をぐいと引いて、アーデルが金髪を顕《あらわ》にする。室内がいっそう華やいだように感じるほど、艶《あで》やかなまでの金の髪。ライラは視線を盆に落として、ふるふると首を横に振った。

「恨むだなんて、とんでもないです。殿下はわたしのような者をおそばに置いてくださり、養父の治療費まで出してくださいました。この御恩は生涯忘れません。ただ……」

この美しい王子の后になるなど、おこがましいにも程がある。ライラの胸にはその思いが立ち込め、どうしても払拭《ふっしょく》することができないままだ。

「ただ……なんだ？　言ってみろ」

「わ、わたしが婚約者では、殿下がご不満だと存じております。無知ゆえ、どうすれば大役を下りることができるかもわかりません。殿下のお知恵を拝借できれば、この茶番を終わらせることも……」

言い終えるより先に、アーデルが大きくため息をついたのが聞こえた。鬱陶《うっとう》しい女だと思われたのかもしれない。自覚があるなら、いちいち尋ねずとも勝手に出ていけと――。

肩を強張《こわば》らせ、両手を膝に、ライラはぎゅっと目を閉じた。叱責《しっせき》は覚悟の上だったが、憧《あこが》れの人に厭《いと》われるのは胸が痛む。

しかし、彼女の懸念を打ち消すかのように、アーデルは立ち上がるとライラのすぐ隣に座りなおした。彼の気配を感じて、ますますライラは身を硬くする。乳香《リバーン》とは異なる、薔《ワル》薇《ド》と汗がかすかに混じりあった男性的な香りが鼻先をかすめた。

「余計なことを考えるな。おまえは俺の婚約者になるのだから、もっと甘えてもいいくらいだ。まあ、俺が少々そっけなくしすぎたせいで畏縮《いしゅく》させていたのも事実だが」

大きな手が後ろからふわりとライラの肩を包み込む。ぬくもりと優しさを感じさせる彼の手に、ライラは胸の高鳴りを覚えて恥ずかしくなった。ほんの少し触れられただけで、なぜこの胸はときめいてしまうのだろう。

「で、殿下……、あの……」

「相変わらず華奢《きゃしゃ》な体だ。力を込めれば折れてしまうのではないか？」

言葉どおりに、彼は体勢をずらして背後からライラの体をぎゅっと抱きしめた。顎《あご》を引いたら、逞《たくま》しい腕に顔が触れてしまいそうで、彼女はびくんと体を震わせる。

どうして突然、抱きしめられているのかわからない。自分の態度が気に入らず、何かの罰を与えているとでもいうのか。心臓は、今にも胸から飛び出てしまいそうなほど、激しく鼓動を打ち鳴らしている。

「いかんな。これではおまえを怖がらせるだけだと知っているのに、つい触れたくなる……」

張りのあるいつもの声ではなく、吹けば飛ぶような小さな小さな声で言って、アーデルはその腕を緩めた。

ぽんぽんと頭を撫《な》でられて、ライラは当惑しながらも潤んだ瞳で彼を見上げる。優しさも強さもあたたかさも兼ね備えた美しい青年が、慈愛に満ちた翠瞳で彼女に微笑《ほほえ》んだ。

「おまえは果実が好きだと侍女から聞いた。いつも食が細いらしいではないか。甘いものなら食べられるかと思って準備させたのだ。食べなさい」

「ありがとうございます……」

そっけなく距離を置かれているものとばかり思い込んでいた。けれどそれは杞憂《きゆう》で、彼は彼なりに自分を気遣ってくれていたのだと知り、ライラは申し訳ない気持ちになった。

最初から、知っていたというのに——。

アーデルはニハーヤ村でライラを助けてくれたときも、身分にこだわることなく自国の民を守る気概にあふれていた。王宮に来てからは冷たく感じることもあったけれど、それも王子としての威厳を守るために必要だったのかもしれない。

——彼のことを考えもせず、怯えて逃げてばかりいたのは、わたしのほう……？

「ふ……、礼ばかりだな、おまえは」

「殿下がいろいろしてくださるからです」

「そうか。この程度で喜んでくれるなら、毎晩でも菓子を作らせるぞ」

フィロ生地の揚げ菓子を指先でつまむと、アーデルはそれをライラの唇の前で揺らした。

上等な油と花蜜《かみつ》の香り、それに木の実の香ばしさを感じて、ライラはまたも戸惑いに瞳をうつろわせる。

——口をあけろと……言っているの？

宙をさまよった視線が、翡翠の眼差しにからめとられた。目と目が合ったふたりは、ぴくりとも動けなくなる。

沈黙を破ったのはアーデルだった。甘やかな光を宿した双眸《そうぼう》が、いたずらな笑みに細められる。

「口移しのほうがいいのか？」

「な……っ……!?　んむ……っ」

耳を疑う発言に思わず口をひらいた瞬間、赤い唇の合間から菓子が放り込まれた。扁桃《ロウズ》と胡桃《ガウズ》をたっぷりと使った揚げ菓子は、嚙《か》むたびに豊かな風味が口いっぱいに広がる。

「味はどうだ」

咀嚼《そしゃく》する彼女を凝視して、アーデルがかすかに首を傾《かし》げた。

「おいしい、です」

「そうか、ならば次は……」

不意ににっこりと破顔したかと思うと、彼は銀盆の上に視線を走らせる。自分で食べられると言わなくては。そう思っても、ライラはただ指先で唇を押さえるしかできなかった。

ほんの一瞬、かすめるように触れた彼の指。その感触を思い出して、唇が甘く疼《うず》く。

――どうしてこんなふうに感じてしまうのかしら。殿下は、きっと厚意で食べさせてくださっているのに、わたしったらはしたないわ。

銀盆の上を浅黒い指がさまよう。切りそろえた爪《つめ》も、長い指も、大きな手のひらも、何もかもがライラの心を煽《あお》っていく。見つめているだけで胸がきゅうっと締めつけられ、彼の手を両手で抱きしめたいと思った。激しく高鳴る心臓を、肌の上から彼の手で押さえこみたい。だが、口にするにはあまりにみだりがましい妄想だ。

アーデルは紫色に熟した葡萄《イナブ》を一房《ひとふさ》つかみあげると、器用に片手で粒をいくつもむしりとる。

「殿下、わたしは自分で食べられますから」

――どうぞ、殿下も召し上がってください。

そう続けようとした彼女を、アーデルが鋭い一瞥《いちべつ》で黙らせた。急に睨《にら》まれて、ライラは何も言えなくなる。普段と別人のような彼の態度は、何か考えがあってのことなのかもしれない。それとも夕刻に、ラヒムと話したことを聞いたのだろうか。

房を盆に戻し、アーデルは丁寧に葡萄の皮を剝《む》く。指先が果汁に濡《ぬ》れて、燭台《しょくだい》の明かりで淫靡《いんび》にきらめいた。

「剝けたぞ。見ろ、うまいものだろう?」

手首まで濡らした果汁が、今にも白い袖口《そでぐち》に滴りそうになっている。ライラは慌ててその手をつかんだ。無礼だなんて考える余裕もなくて。

触れた瞬間、互いの肌がぴりぴりと痺《しび》れるような錯覚に陥る。背筋まで緊張して、今度は手を離せなくなってしまいそうだ。

彼の手を自分からとったのは、初めてだったろうか。

急いで袖口をまくり、肘《ひじ》までこぼれた雫《しずく》から白い衣が汚れるのを防ぐ。

「袖が汚れてしまいます。お待ちください。今、拭くものを……」

布を取りに立とうとしたライラの口元に、アーデルは無言で葡萄《イナブ》の粒を押しつけた。愛らしい唇に、とろりと冷たい果実が触れる。

「ん……っ」

「服など汚れてもいい。それよりも、口をあけろ。早くしないと、葡萄がつぶれてしまうぞ」

仕方なしに口をひらくと彼の指ごと押し込まれてしまい、ライラは目をぱちぱちと瞬《しばたた》いた。長い睫毛《まつげ》が震えて、困惑に窄《すぼ》めた唇はアーデルの指を締めつける。

「ああ、おまえの中はこっちもあたたかいな。ふ……、そのまま舐《な》めて清めてくれ」

ちゅぽんと指を抜き取って、彼は濡れた手首をライラの口元に近づけた。

いつもなら、顔を背けたかもしれない。

そんなことできませんと、涙目で訴えたかもしれない。

しかし、やわらかな体を抱きしめられ、その指で甘味を食べさせられ、あまつさえ指を咥《くわ》えさせられて、ライラの心は少しく常軌を逸してしまっていた。

「ライラ……」

そこへ来て、アーデルはひどくせつなげに彼女の名を呼ぶ。手首から香る薔薇《ワルド》も手伝って、ライラは眩暈《めまい》を覚えていた。

――拒んだら、せっかく近づいた距離が失われてしまう。

期待と不安にわななく唇が、ちろりと赤い舌を覗かせる。両手でつかんだ彼の手首に舌をつけると、葡萄《イナブ》の甘酸っぱい味がした。濡れた部分を確認しながら、ライラは丁寧にアーデルの手首を舐めていく。手首から、肘へと。舌先に感じるのは、無論果実の味だけではない。しなやかな青年の腕は、逞しさと力強さと繊細さを伝えてくる。くすぐったいのか、アーデルは時折ふぅっと息を吐いた。

「お……終わりました……」

顔から火が出るのではないかと思うほど、頬を真っ赤に染めた彼女はか細い声で囁《ささや》く。

婚約を前提とした関係ではあれど、アーデルは自分を認めていないのだと思っていたのが、もう遠い過去のように思えてくる。言葉ではなく行動で、彼はふたりの距離を縮めてしまった。

身分が違うとか、外見がサフィール人らしくないとか、自分は彼に相応しくないとか──。瑣末《さまつ》と言い切れないいくつもの問題さえ忘れてしまうほど、ライラの心はアーデルでいっぱいになっている。

「うむ。俺にも食べさせてくれないか？」

房からはずした葡萄《イナブ》の粒を渡され、彼女は力の入らない指で濡れた果実の皮を剝く。

「……美しいな」

まばゆいばかりの黒髪を指で梳《す》いては、アーデルがうっとりと目を閉じる。そのせいで、いっそうライラの指先がかじかんだように震えているのを彼は知っているのだろうか。

「む、剝《め》けました、殿下」

髪を愛でられるのがくすぐったくて、ライラはおずおずと振り返った。戯《たわむ》れていた玩具を取り上げられたように、一瞬アーデルが不満げな表情を浮かべたが、すぐに彼は笑顔になった。葡萄が好きなのかもしれない。ライラに選んでくれたということは、彼自身好ましく思っている食べ物なのだろう。

「では、その唇で咥えて食べさせろ」

「……え、あ、あの……」

「聞こえなかったのか？　親鳥が子に餌《えさ》をやるのと同じ要領で、俺に食べさせろと言ったんだ」

聞こえているし、理解もしている。だからといって、それを行動に移すにはあまりに困難だ。

完全に沈黙し、身動《みじろ》ぎひとつしなくなったライラの手から、アーデルはひょいと葡萄《イナブ》を取り上げた。ああ、良かった。自分で食べてくださるのだ。そう思った刹那《せつな》――。

「ん……っ」

またも先ほどと同じく、彼は葡萄をライラの唇に押しつけた。

「そのまま、動くなよ」

歯で噛むわけにもいかず、ライラはかろうじて唇だけで濡れた果実を支える。アーデルの大きな手が、彼女の首筋に触れた。

「…………！」

ゆっくりと近づく美麗な相貌《そうぼう》を前に、目を閉じることさえできなくなる。優美な翡翠の瞳が、彼女を見つめていた。甘やかな声を発する唇は、かすかにひらいている。歯列の隙《すき》間《ま》から覗く赤い舌先、その先端がひらりと揺らめいた。

ふたつの唇の間で、甘酸っぱい果実が雫をこぼした。

アーデルは葡萄の粒に歯を立てて、端から齧《かじ》っていく。そのたびに果汁が滴り、衣服を濡らすのも気にしていないようだ。

「は……、思っていたよりも甘いな……」

熱のこもった声がかすれている。ライラの鼓膜を揺らすだけではとどまらず、吐息まじりの声音は胸の奥まで沁《し》み入る気がした。

「もっとだ」

顔を横に傾けて、彼は舌先で果実の輪郭をなぞる。ライラは今にも葡萄《イナブ》を落としてしまいそうで、背筋にぞくぞくと駆ける淫らな快感を必死で堪えた。

そうしているうちに、葡萄を愛でるように舐めていたアーデルの舌先が、ちょんとライラの唇に触れた。

「……ふ……ぁ……」

「逃げるな。おまえは俺の……婚約者になるのだから……」

捩《よじ》った体を抱きしめて、アーデルは今度こそ遠慮なく甘い果実を――そして彼女の唇を激しく貪《むさぼ》った。

唇と唇の間で、果実はくちゅりと淫靡な音を立てて押しつぶされる。その雫がライラの細い顎を伝い、喉元《のどもと》を濡らしていく。けれど、もうそんなことどうでも良かった。どうでもいいと思ってしまうほど、さらに衝撃的な行為が続けられている。

砂漠を渡る旅人が泉に顔をつけて水を飲むように、アーデルはしゃにむにライラの唇を求めてくる。深く深くくちづけられ、逃げようとする舌がからめとられていく。

「…………ん……っ……」

いつの間に目を閉じたのか、わからない。

唇を疼かせる刺激と、耳を恥じらわせる水音と、彼の体温でライラの感覚が満たされてしまい、ほかのことは何も考えられなくなっていた。

「おまえの唇は、ひどく甘い……」

「ち、ちが……、これは葡萄《イナブ》の……んぅ……」

否定した言葉を遮って、何度も繰り返されるくちづけに赤い唇がぽってりと腫《は》れてしまう。口腔《こうこう》を弄《まさぐ》る舌も溶け合うほどに、彼は一途《いちず》な接吻《せっぷん》を続けた。

次第に瞼《まぶた》の裏が白くなっていく。息苦しさは薄れ、頭が後ろに傾いだ。自分の体も支えられないライラを、アーデルは両腕で強く抱きとめた。

「……俺から離れたくないと思うよう、手を貸してやる。おまえが決して逃げ出したりしないように、何度でもこうして……」

しかし、逞しい腕に支えられているというのにライラの体はぐにゃりと軟体動物のようにくずおれる。細い両手が力なく床に落ちたのに気づいたアーデルが、眉根《まゆね》を寄せた。

「ライラ？　なんだか顔色が……、おい、ライラ！」

やっと唇が自由になって、ライラはゆっくり息を吸おうとしたけれど、喉がひくついたように痙攣《けいれん》するばかりで空気が入ってこない。

「この馬鹿《ばか》が……！　息を止めていたというのか？」

——だって、唇をふさがれてしまったら息ができな……。

青ざめた頬に、儚《はかな》げな微笑みを浮かべてライラはにじむ視界いっぱいに映るアーデルを見上げた。

——この美しくて逞しい方が、一生おつかえする旦那《だんな》さま……。

幾重にもなっていた心のつかえを、彼は自らの手で剝ぎ取ってくれた。なんの価値も後ろ盾もない自分を、アーデルだけが認めてくれた。

無骨なところも、強引なところも、意地悪なところも——彼のすべてが、ライラの心を充溢《じゅういつ》させる。

そして彼女は、すぅっと白い闇に吸い込まれるように意識を失った。

くちづけの間、ずっと呼吸を堪えていたのだから当然の結果とも言える。

＊＊＊

——なんという無垢な少女だ。

膝の上に、力なく横たわるライラを見下ろして彼は愕然《がくぜん》としていた。

ラヒムから、彼女が自分との距離感に悩んでいると聞いて、悔しくなったのは数刻前のこと。かりにも婚約者となる自分ではなく、特に親しいはずもないラヒムに相談したのを考えると、歯噛みしたい思いを堪えられなかった。

ただの婚約者ではない。

彼女を神に差し出そうとしている生命の番人を気取る自分だからこそ、アーデルはライラと親しくなりすぎないよう距離をとっていた。

だが、それであってもラヒムを選んで相談したライラが、愛《いと》しさ余って憎らしくなってしまう。そっちがその気なら、ふたりの間の距離を縮めてやろう。あとで後悔しても知らん。そんな気持ちで触れた指は、清らかな肌と愛くるしい眼差しにじんと痺れてしまった。

暴走しかけた彼を止めるものは、自らの理性以外に存在しない。

第一王位継承権を有するアーデルに意見できる人間など、父くらいしかいないのだから。

触れれば抱きしめたくなる。抱きしめればその唇を味わいたくなる。くちづけのあとには、もっとその体を知りたくて。

しかし彼女は、長いくちづけの間ずっと呼吸を止めていた。男女の睦事《むつごと》を知らずとも、接吻で口をふさがれたら鼻で息をするくらい考えついてしかるべき——。普段のアーデルなら、相手の思考力のなさに苦笑したかもしれない。

「どうして……おまえなのだろうな」

長い黒髪をそっと手のひらで撫でると、ライラの瞼がひくりと震える。

くちづけだけで意識を失った彼女を見つめて、彼の胸はひどく痛んだ。

王宮へ来た初日、これほど純粋な少女に自分が何をしたか。純潔を確認するという名目で、やめてと泣きながら懇願するライラにひどい真似をした。それどころか、あんなに泣いている姿を見ても、自分という男は激しく欲情していたのだ。

「神になど、捧《ささ》げたくない。おまえのすべてを俺のものにしてしまいたいんだ……」

かなわぬ希望《ねがい》はいつも儚く、唇にのせた瞬間に霧散していく。

多くを望むことを許される立場に生まれついてはいるが、アーデルは贅沢など望まなかった。国のため、民のため、より良い王となれるように精一杯学び、尽くしてきた。だが、神は彼のもっとも愛した少女を欲している。

婚約の儀は四日後に迫っていた。

それを終え、しかるべき準備が整えば、彼女に事情を説明して寵託《シニャーガ》としての使命を果たしてもらわなければならない。

——おまえと過ごす短い永遠が、俺にとっては拷問であり至福だなど知らないのだろうな……。

初めはその稀《まれ》な容姿に目を惹《ひ》かれた。

次いで健気《けなげ》な心根に魅せられた。

今はただ、彼女が愛しくてたまらない。

アーデルは自制心を奮い立たせ、両腕で愛しい少女を抱き上げる。意識を失ったライラは眠っているのと同じだ。

世界でいちばん大切な宝物を寝台に横たえ、彼もその隣に滑り込んだ。

時間は限られている。今さら、寵託《シニャーガ》を捧げる以外の方法を見つけることも難しい。だから、彼女に死んでくれと頼むのか？　この国を守るために、礎《いしずえ》となり犠牲となり、たったひとつの生命を差し出せと——。

知らず、アーデルはライラの体をきつく抱きしめていた。

「……ん……？　殿下……？」

生えそろった美しい睫毛が揺らぎ、その下の青い瞳がかすかに覗く。アーデルはハッとして腕を緩めた。

「なんでもない。——悪かったな」

「いいえ……。もっと、ぎゅっとしてください……」

寝ぼけているのか、ライラは嬉しそうに微笑む。幼子のように純真で愛らしい彼女を前に、アーデルは唇を噛んだ。

強く強く抱きしめて、彼女を壊してしまおうか。

神に背いて、国を見捨てて、ライラだけを奪って逃げてしまおうか。

そのどちらもできない自分を知っているからこそ、アーデルは苦悩していた。

壁に四角く切り取られた窓に、南天の星々がきらめく。ふと視線を上げた彼の目に、見たこともない小鳥が飛ぶ姿が映った。

――こんな夜に、鳥が飛ぶとはおかしな話だ。

何かの見間違いと思うことにして、アーデルはライラの眦《まなじり》に優しく唇を押しあてた。

＊＊＊

目を覚ますと、体がぬくもりに包まれている。明かりを落とした室内は薄闇に覆われ、窓の外に見える空はまだ暗い。

額にあたたかな寝息を感じて、ライラはもぞりと体をずらした。アーデルが、両腕をしっかりと彼女の体にまわして眠っている。

昨晩、意識が途絶えたところまではかろうじて覚えていた。おそらくあのまま眠ってしまったのだろう。

細い指をそっと唇にあてる。

まだ昨夜の感触が残っている気がして、ライラは頬を赤らめた。

――好きになってもいいの……？

窓から射し込むほのかな星の明かりを頼りに、アーデルの美麗な顔を見上げる。自問している時点で、すでに心は彼に向かって走りだしていることをライラ自身も知っていた。それでもまだ、理性の枷《かせ》をはずしきることはできない。

アーデルがかすかに身動ぎし、背にまわされていた腕が彼女の胸元に触れる。

ライラは、体を包み込む王子の腕からそっと抜けだそうとした。しかし、彼の腕を持ち上げた途端、ぐいっと体が引き寄せられる。浮かした背が敷布に押しつけられ、眼前を黒い影が覆う。

何が起こったか考えるよりも先に、アーデルの声が鼓膜を揺らした。

「……逃げるつもりか？」

唸《うな》るような低い声。まだ夢の国から戻りきらない響きも感じさせながら、彼は真上からのしかかってくる。先刻まで隣で抱きしめてくれていたはずのアーデルは、天蓋《てんがい》布を背にしてライラを寝台に押しつけている。

「ち、違います、殿下……」

暗がりと寝起きのせいで気づかなかったが、彼女の体を抱きすくめるアーデルの腕や胸には布の手触りがない。衣服を脱ぎ捨て、そのまま眠っていたのだろうか。

「おまえを手放すつもりなどない。俺から逃げるなら、相応の罰を覚悟してもらわなくてはな……」

耳朶《みみたぶ》に唇が触れて、耳腔《じこう》に直接声を吹き込まれる錯覚に陥る。彼はまだ寝ぼけているのかもしれない。

「ん……っ」

数日後には正式に婚約者となる王子に組み敷かれ、ライラはあえかに声を漏らした。大きな手のひらが、夜着の上からやわらかな胸の膨らみを弄る。強引なのに優しくて、淫靡なのに慈愛に満ちた指先——。

「ゃ……、で、殿下、お戯れは……、ぁ、んん……っ」

「戯れだと？　ならば、俺を喜ばせてみろ。おまえの体は……どこもかしこもやわらかくて、吸いつきたくなる……」

やはりどこかいつもと違う口調に、彼が覚醒《かくせい》していないことがわかる。とはいえ、鍛えられたしなやかな体軀は、ライラが両手で押し返してもびくともしない。

布越しに胸を撫でまわすのに飽いたのか、アーデルは体重をかけていた上半身をずらすと、両手で彼女の衣服の裾をつかんだ。

「……ぇ……？」

丈の長い夜着が、なんの抵抗もなく一息に胸の上までまくられる。なめらかな腹部と、その上に連なる愛らしい双丘が空気に触れて、ライラは一瞬言葉を失った。

王宮に連れてこられた夜にも、こうして彼に体を検《あらた》められたのはまだ記憶に新しい。しかし、すでに彼はライラが純潔であることを知っているのだから、今さら確認しなければいけないことがあるとも思えないのに、なぜ——。

服の上からさんざん弄《いじ》られたこともあり、胸の先端は愛らしく尖《とが》っている。アーデルは淡く色づいた乳暈《にゅううん》をすっぽりと口におさめて、口腔と舌でつぶらな乳首を舐《ねぶ》りはじめた。

「……っ、は……、あ、ぁ、やめ……、ぁぁ……っ」

健やかな眠りに微睡《まどろ》んでいたはずが、どうしてこんな淫らな声をあげているのだろう。ライラは恥ずかしさに唇を引き結ぼうとするが、胸からこみあげる甘い疼きがそれを許さない。痛いくらいに屹立《きつりつ》した突起を、アーデルが窄めた唇で絞り、側面を舌で上下に扱《しご》く。

「あ、ぁ、……っん、殿下……っ……！」

いけないことだと知りながら、教えこまれた快楽がライラの幼い愛慾《あいよく》を急《せ》き立てるのを止められない。腰布に隠れた秘処が、過日の指を思い出して蜜口《みつくち》をしどけなく濡らした。

片方だけを執拗《しつよう》に愛撫《あいぶ》される胸は、反対も触れられたくてせつなく先端を尖らせる。拒むべき腕が、アーデルの肩にすがりつくように爪を食い込ませた。

——もっとしてほしいだなんて……わたしはいったいどうしてしまったの？

腰の奥にともった熱情が、いとけない欲望に体を震わせる。胸を吸われるたび、その刺激がきゅんとあらぬところに響いてしまう。空洞は何かを求めて、かすかな蠢動《しゅんどう》を繰り返していた。

「どうした？　この前よりも気持ちよさそうな声をあげているな」

「ゃ……、ち、ちが……っ、ぁ、あ、……んっ」

ククッと喉の奥で笑いを噛み殺して、アーデルがひときわ強く乳首をしゃぶった。白い喉をのけぞらせ、わななく爪先《つまさき》で宙をかいても、無垢な体を突き動かす衝動を解き放つことはできない。ライラは必死に黒髪を揺らして、涙声で悶《もだ》えた。

「片方だけ……、や、イヤです……っ、もっと、ん、いっぱい……」

何を口走っているのか、自分でもわからなくなる。青い瞳が水膜に濡れて、にじむ視界にはひどく淫猥《いんわい》に彼女の胸の先端をしゃぶる麗しい王子の姿だけが映っていた。

「ふ……、そんなかわいらしいことを言って、俺を油断させてから逃げるつもりなのか？　だが、そうはさせん。おまえが俺から逃げられなくなるよう、この体に教えこんでやる」

顔を上げたアーデルが、窓から射し込むほんのわずかの星明かりに照らされて、野生の獣《けもの》を彷彿《ほうふつ》とさせる眼差しでライラを見つめる。

――なんて美しい人。彼だけが、どこまでもわたしを支配してしまう……。

アーデルはゆっくりと体を起こした。睡夢と覚醒の境界で始まった行為だったのに、今の彼は完全に目覚めている。大きな手がライラの子鹿《こじか》のようなふくらはぎをつかみ、ひどく妖艶な仕草で爪先にくちづけた。

「やぁ……っ！　だ、ダメです、そんな……、汚い……」

慌てて押しとどめようとしても、高く右足を上げられたままでは体を起こすこともできない。ライラは伸ばした両手が彼に届かないのを察した直後、返す手で顔を覆った。

「汚くなどない。おまえの体はどこもかしこも美しいではないか。小さな爪も、愛らしい指も、細い足首も俺をおかしくさせる」

濡れた舌がねっとりと足先から足首、次いで脛《すね》へと這《は》い上がる。時折、甘く熱い吐息が肌をくすぐると、ライラのやわらかな内腿《うちもも》が痙攣したように震えた。腰を覆う布が、彼の手によって引き剝がされる。まろやかな線を描く鼠径部《そけいぶ》が顕になって、ライラは泣き声をあげた。

「殿下……、も、お願い……ですから……」

しかし彼女の懇願を前にしても、アーデルはやめる気配すらない。それどころかいっそう唇を強く押しあて、赤子のようにすべらかな肌を楽しんでいる。

膝裏に唇が触れると、びくりと足先が躍った。引《ひ》き攣《つ》れたように足を伸ばして、ライラは両手で覆った顔をいやいやと横に振る。

「……甘い香りがする」

乳香《リバーン》のことかと思いきや、アーデルが持ち上げた足をぐいと横にひらいた。濡れた花弁が彼の目にさらされるのを感じて、ライラはいっそう身を硬くした。

「俺を誘うのは、菓子でも果実でもなく、おまえが滴らせる蜜だ」

「……ぁ、っ……！」

濡れに濡れた淫畝《いんせ》の奥、愛慾の空洞が媚蜜《びみつ》に潤って彼の愛撫を待っている。指を入れられたときは、痛くて怖くて泣いてしまったはずなのに、今はその不思議な圧迫感をもう一度感じたいとさえ思う。ライラは自分の体と心の変化に、ただ真っ赤になって唇を噛んだ。

もっと彼を感じたい――。

そう思うのと同時に、あのときの痛みを思うと不安が胸をよぎる。ひりつく感覚と、自分という存在を内側からこじあけられるあられもない開放感。

ライラはおそるおそる、顔を覆っていた両手を敷布に下ろした。

いつしか青い瞳は暗闇《くらやみ》に慣れ、彼女を見下ろすアーデルの表情までもが見て取れる。金《ダハブ》の王子は得も言われぬ眼差しで、じっとライラを見つめていた。その瞳には欲望と寂《せき》寥《りょう》がにじみ、痛みを堪えているような苦渋も感じさせる。

「怖がることはない。おまえを奪うなど、許されないのだから……」

――婚約の儀が行われるまで、花嫁は純潔を保たなくてはならない。

サフィール王室の掟は厳格で、婚約する男女は同室で寝起きしなくてはならないというのに、その思いを遂げることは禁じられている。アーデルの発言が、そのことを指しているのだと思ったライラはかすかな安堵とわずかな物足りなさを織り交ぜて、吐息を漏らした。

そして、次の瞬間――。

アーデルはライラの両足を自分の肩にかけさせると、腰をつかんで上半身を起こした。寝台に肩だけをつけた状態で、彼女の背中から腰、足がすべて宙に浮く。不安定な姿勢と、秘めた合わせ目にアーデルの顔が埋まっている光景を目の当たりにして、彼女は長い睫毛を何度も瞬かせた。

「……え……？」

困惑しきった彼女の青い瞳に、薄く微笑みを浮かべたアーデルが映る。彼が何をしようとしているのか、ライラが察するより先にその舌先が清らかな花唇を割った。

「…………っ！」

蜜口を濡らす快楽の証液をからめとり、アーデルは唇と舌を使って秘畝をかきわける。媚蜜と唾液《だえき》が混じりあい、もとよりしとどに濡れていた秘処はこれ以上ないほどに潤っていた。

「やぁ……っ！　ダメ、ダメです！　殿下、そんな……っ」

羞恥《しゅうち》で鎖骨まで真っ赤に染めたライラが足をばたつかせると、彼は腰をつかむ手に力を込める。いとけない蜜口を塞《ふさ》ぐように、アーデルの唇が密着した。

「あ、ぁ……、ゃ……っ！」

甘やかなくちづけに、眦にたまっていた涙が滴っていく。まるで唇と唇を重ねたときのように、アーデルはライラの花唇に何度も接吻する。最初は優しく触れるだけ、それが次第に唇を強く押しあててきて、ついに舌先が彼女の内部へと押し込まれた。

「……ひ……ぁ、ぁ、あぁあ……っ！」

指とは違う。ぬちりと蜜音を立てる熱い舌は、入り口の浅い部分に円を描いてあふれる蜜を啜《すす》る。

「……ん、……おまえの香りが、俺を誘う……」

敏感な粘膜に彼の吐息がかかると、あえかな刺激にも腰が揺らいでしまう。ライラは敷布にきつく指を食い込ませ、初めて味わうあられもない快感に耐えようとしていた。しかし、繰り返し彼女の内部をさざめく愛慾の波が次第に大きくなっていく。堪えきれない嬌《きょう》声《せい》が唇からこぼれる。

「あ……、ぁ、ぁ、あぁ、……っ……ん！」

ひそやかに秘めた花のうちに、これほど淫らに咲き誇る悦《よろこ》びがあったなど、誰が知るだろうか。少なくともライラは知らなかった。自分の体がアーデルの前に、佚楽《いつらく》でほどけてしまうなど思いもよらずにいた。

——ダメ、ダメ……！　おかしくなってしまう。

未知の快感に絆《ほだ》されながら、ライラは弱々しく体を揺すった。愛らしく色づいた胸の先端が可憐《かれん》に揺らぎ、空気に触れるだけでもきゅんとせつなくなる。

「ゃぁ……、ぁ、あ、ぁ……ッ」

舌で抉《えぐ》られるたび、無垢な媚襞《びへき》はひくひくと収斂《しゅうれん》し、やがてその先に何かの果てを感じとった。あと少し、もう少しで手が届きそうな縒《よ》りあわされた快楽の糸。ライラが喘《あえ》ぎの中で必死にその先端をつかもうとしたとき、アーデルが唐突に唇を離す。

「あ……っ、ど、どうして……」

——どうしてやめてしまわれるのですか。

そんな言葉を口走りそうになって、彼女は自分の淫猥さに泣きたくなった。けれど、心が含羞《がんしゅう》に震えても、焦《じ》らされつくした体はほどなく訪れるだろうより大きな悦楽の波を欲している。

「案ずるな。舌では奥まで触れてやれないだろう。おまえを……もっと感じさせてやるために……」

背が敷布に下ろされた。両足でアーデルの腰を挟んだ淫らな格好にも、ライラはもう抵抗することができなくなっている。足の付け根、その奥に疼く熱が漲《みなぎ》りつくし、アーデルに慰めてもらわなければおさまりそうにない。

「殿下、殿下……、体がおかし……、は……、どうして、わたしこんな……」

恥ずかしくてたまらないというのに、腰が左右に振れてしまう。そのたび、あふれだした媚蜜が臀部《でんぶ》へと伝っていく。子どものようにしゃくりあげ、自分の体の変化に戸惑うライラを見たアーデルは、それまでにない優しい微笑みを浮かべた。

「怯えなくとも大丈夫だ。先日よりおまえも慣れてきている。今ならばきっと、痛いだけではないはずだからな」

「ふ……っ、ぁ、あ、殿下……っ」

ほころびはじめたばかりの花を、そっとアーデルの指先がなぞる。すぐに指が媚蜜で濡れ、ライラはもどかしさに唇を噛む。

「……ひ……っ……!?」

亀裂《きれつ》を撫でていた指が、小さな突起にかすめた。その途端、ライラの腰が高く跳ね上がる。

「ん……、ここが好きか？」

蜜にとろけた指は、再度同じ部分にあてがわれた。今度はつぶらな花芽を押し込むように、じんわりと触れてくる。

「ぁ、ぁ……、そこ……っ、なに……？」

親指で敏感な部分の円周をあやし、アーデルは中指を膣口《ちっこう》に挿《さ》し入れた。ちゅぷりと小さく音を立て、狭隘《きょうあい》な粘膜はすぐさま彼の指にすがりつく。

「んん……っ」

ぴりぴりとか弱い淫膜が痺れるような痛みを感じ、ライラはきつく目を瞑《つむ》った。すると、彼女の痛みを察したアーデルは、花芽を撫でる親指を小刻みに動かす。ぽちりと膨らんだ少女の快楽の粒が擦られると、指を咥えた蜜口がたまらないとばかりに蠢《うごめ》いた。

「ゃ……っ……！　そこ、ダメです……っ」

「そうか？　俺にはここを撫でてほしいように見えるぞ」

「ちが……、ぁ、ぁ、ぁ……ッ」

こりこりと指で弾きながら撫で回されて、いとけない花芽は痛いほどに張り詰める。気づけば彼の中指は根本まで淫襞に埋め込まれていた。

「いい子だ。俺の指をうまそうに咥えて、そんなに腰を揺らすとは、男の悦ばせ方を心得ているな……」

「そ……んな……、ちが……っ、わたし、殿下しか……」

舌で抉られていたときより、もっと深奥まで指で突かれて、ライラは心の中までも攪拌《かくはん》されている錯覚に腰を揺らす。快楽をやりすごそうとしてのことだが、その所作がアーデルの劣情を煽っていく。

「わかっている。おまえが俺以外の誰にも触れられたことがないことくらい……」

彼にだけは誤解されたくない――。

そんなライラの心を読み解いたかのような言葉に、強張りきった体がわずかにほどける。すると隘路《あいろ》に突き立つ指が、ゆっくりと抜き差しを始めた。窄まった蜜口は指が擦れるとはしたなく収縮と弛緩《しかん》を繰り返して、敷布に染みをつくるほど透明な涙をこぼしてしまう。

「う……、ん、んん……っ、あぁ！」

押し開かれたライラの媚肉《びにく》がアーデルの指を締めつけ、爪の形までも内部に刻み込もうと打ち震えた。

「……痛くはないか？」

「は、ぃ……」

「素直に感じてくれてかまわない。俺は……おまえが感じている顔を見たいのだ。ライラ、わかるだろう？」

心まで沁み入る慈愛に満ちた声が、これは恥ずかしいことではないと告げている。心底愛しているとでも言いたげに、翡翠の瞳を細めてアーデルはライラに微笑みかけた。

「ですが……、ん、ん……っ！」

まだ素直に頷《うなず》けない彼女の内腿にくちづけて、アーデルがもう一度言う。

「俺はおまえを見ていたいだけだ。恥じらう姿も愛らしいが、この手で花開く姿を見せてくれ」

最後の砦《とりで》が瓦解《がかい》するのに、それ以上言葉は必要なかった。胸を打つ彼の笑みに、ライラは涙に濡れた目をかすかに伏せた。ささやかな了承の合図を、アーデルは決して見逃《みのが》さない。必要以上にライラを辱めるつもりがないのは、彼の態度からも感じられた。

内壁を擦る指が、天井に指腹を向けて抽挿を再開する。先ほどまでとは、何か違う。今にも壊れてしまいそうな、弾けてしまいそうな、甘い中に痺れを伴う感覚にライラは小さく喘いだ。

「これだけでは物足りないだろう?」

言いながら、アーデルが花芽に唇を寄せる。

ツンと張り詰めたつぶらな膨らみを、彼は舌でちろちろと慰める。甘い果実の滴る果汁を舐める様を思わせる彼の所作が、ライラの下腹部を焦がして、溶かして、おかしくする――。

「あ、あ、ぁ……っ!　ダメ、殿下……、そこ、舐めるのと、中と……い、一緒にされると……、あぁ……」

体中のせつなさが彼の舌先に、指先に引き寄せられていく。

「おまえの駄目は、気持ちいいからこれ以上感じさせるなという意味か。は……、そんな姿もたまらない……」

何もかもを見ぬかれて、隠しきれない悦楽をあばかれて、ライラは心まで裸にされてしまった気がした。腰の奥に滾《たぎ》る熱さえも、彼は気づいているのだろう。

――お願い、これ以上………にさせないで……。

「やぁぁ、ぁ、……は……っ……んん！」

敷布に食い込んだ右手を、アーデルの左手が包み込んだ。大きくあたたかな手のひらが、ゆっくりと指を交互に絡ませて手をつないでくる。

「殿下……、ぁ、ぁ、あぁ、わたし……、お、おかしく、な……ぁぁ、……っ」

「おかしいことなどあるものか。おまえは俺の知る誰よりも愛らしく、美しく、いとけない。この手ですべてを奪ってしまいたいほどに――」

絡み合った指は、きつくきつくつながれて。

はしたなく濡れた媚襞さえも愛しいと言ってくれる王子の前に、ライラは腰高く躍る。夜の褥《しとね》は愛蜜に甘く香り、そのすべてを堪能するようにアーデルが花芽をひときわ強く吸った。

「あ、あぁあ、や……、あぁ、ダメ、ダメです……っ……！　もぉ……」

きゅんと窄まった蜜口を、長い指が淫らに抉る。花芽の裏を二度三度と擦られて、ライラの瞼の内側で幾筋もの光が走った。

「あああ、ぁ、ぁ……、殿下、殿下……、……き……、あ、あぁぁ――……っ」

細い光が束になり、いつしか彼女の意識さえものみこんで真っ白な快楽の果てに投げ出される。

全身がきつく収斂して、爪先がきゅっと縮み指が丸まった。アーデルの指を食いしめた蜜口がずきずきと痛いほどに感じきっている。

「ひ……ぅ……、あぁ………」

寝台にしどけなく四肢を投げ出して浅い呼吸を貪りながら、ライラは白い愛慾の向こうにアーデルへの恋心を自覚させられていた。

初めて会ったときから、彼だけが特別だった。

この人にすべてを奪われてしまいたい。もっともっと、彼とつながりたい。その想いがどんな行為に結びつくかも知らぬまま、ライラは静かに意識を手放す。

遠く夜空に光る金色《こんじき》の星は見えない。

わかるのは、アーデルのぬくもりと重みだけ。

――殿下、わたしはあなたのそばにいてもいいのですか……？

耳鳴りの海に沈みゆく彼女を、逞しい腕が強く抱きしめた。その胸に鼻先をすり寄せ、ライラは泣きたいほどの幸福に心を凝らす。

「………すまない、おまえを………」

夢と現《うつつ》の境目で、ライラは恋しい人の声を聞いた気がした。悲しいほどに優しくて、やるせなさに悔やむ彼は、いつもの凜《りん》とした声ではなく苦しそうに言葉を濁した。

どうして謝るのだろう。彼は何も間違ってなどいないのに。

あなたは謝る必要なんて何もない。ただわたしが、好きになってしまっただけなのだから——。

第三章　恋に落ちて、あなたに堕《お》ちて

無言で酒を酌み交わし、アーデルとラヒムは杯を呷《あお》った。

こうしてふたりで飲むのも以前ならば珍しくもなかったが、兆禍《ちょうか》の対処法を調べはじめてからというもの一分一秒を惜しんでいたため、やけに久方ぶりに感じる。

アーデルは黙したまま、空《から》になった高杯を右手で握りしめた。

——今夜は、どうしているだろうか。

婚約を三日後に控え、ライラはひとりであの寝所にいるはずだ。昨晩、か弱き少女を何度も絶頂に導いた記憶がまざまざと蘇《よみがえ》る。達するたびにライラは意識を失い、眠る彼女を抱きしめているうちにまた甘い声を聞きたくなる。誰よりも慈しみ、愛して、甘やかしてやりたいと願う気持ちに相反して、アーデルはせつなる蜜口《みつくち》に指を突き入れた。

もう無理だと泣いては、媚蜜《びみつ》をまぶした指で抉《えぐ》られたライラが二度、三度と快楽の果てに追いやられる姿に、もてる理性のすべてを動員して下腹部に滾《たぎ》る劣情を堪えるしかなかった。

彼女をどれほど愛しても、抱くわけにはいかないのだから。

「ずいぶんとお悩みのご様子ですね」

沈黙を破ったのはラヒムのほうだった。

普段は結わえている長い茶髪を下ろし、部屋の主である占者はくつろいだ格好で薄く笑みを浮かべる。

「……おまえが余計なことを進言したせいだろうが」

ライラが悩んでいることくらい、アーデルにも当然わかっていた。それでも彼女に近づくことを禁じ、そのやわらかな体に必要以上に触れてはいけないと自制していたというのに、ラヒムが「あのままでは彼女は怯《おび》えきって逃げ出してしまうかもしれませんよ」などと言うのを聞いて、理性の糸は引きちぎれた。

よりにもよって相談相手に自分の兄のような存在の占者を選ぶとは、ライラも何を考えているのか。そう思ってから、アーデルは考えを改める。彼女につけた侍女たちには、ライラと個人的に親しくなることも、最低限の会話以外での発言も禁止してあるのだ。だからこそ、孤独に陥ったライラは声をかけてきてくれたラヒムに打ち明けたのだろう。

「余計でしたか？　寵託《シニャーガ》が逃げ出せば、殿下とてお困りでしょうに」

「……それは、そのとおりだが」

代々、王宮占者を務める家系に生まれたラヒムは、王族ではないが中央宮殿に住むことを許されている。幼いころから、共に遊び共に学び、ときには喧嘩《けんか》もした。アーデルにとっては数少ない友人であり、兄と慕う人物でもある。

「甘い菓子を準備されていたと噂《うわさ》に聞きましたが、ライラはその程度でほだされたでしょうか。それとも、殿下は何か特別な方法でかわいらしい生け贄《にえ》をつなぎとめたのか――。私としても少々気になるところではありますね」

空になったアーデルの杯に酒を注ぎながら、ラヒムが含みのある言葉をこぼす。悔しいが、ほかの誰にわからなくともラヒムにだけは胸のうちに燃える恋の炎が見えてしまうのだろう。それがつきあいの長さというものだ。

「俺が彼女に手を出したとでも言うつもりか？　そんなことをすれば、寵託《シニャーガ》に逃げられるよりもまずいと知らぬわけでもあるまい。あれは神に捧《ささ》げる娘なのだから、穢《けが》すことなど許されんのだ」

「おやおや、ずいぶんとご執心のご様子。私は何も、彼女を抱いたのかなどと無粋なことを聞いてはおりませんよ」

「な……っ」

純潔を条件とする寵託を婚約者に迎えるのだから、体をつなぐなどもってのほか。アーデルの苦悩も知りながら、ラヒムはからかっているらしかった。

「とはいえ、彼女は大切な寵託ですからね。どれほど恋い焦がれても手の届かない相手なのです。私とて、あのように無垢《むく》な少女を神に捧げることに罪悪感は覚えますが……この機を逃《のが》せば、兆禍をとめることはできないのですから」

言われずとも知っていると答えるのは簡単だ。大の男がふたりもそろって、たったひとりの少女を救うことさえできない。この現状を前に、アーデルは唇を噛《か》む。

「だが、まだほかに方法があるかもしれない。俺たちにはライラの人生を奪う以外の道が……」

その方法を見つけ出すためには、どれほどの時間がかかるか予想もできないからこそ、アーデルは寵託《シニャーガ》を選ぶと決めた。なのに今、ライラを神に捧げることを躊躇《ちゅうちょ》しているのだ。

国を守るとは、導くとは――。

ひとりの少女の生命を見捨てることと同義なのか、アーデルは何度も自問を続けてきた。幼いころから次期国王として最高の教育を施されてきたというのに、知識も意識も役に立たない。愛する女の死を踏み台に国を守れとは、誰も教えなかったはずだ。

「あなたは情の厚いすばらしい王子です。だからこそ、彼女との時間は思い出に残し、未来を紡いでいかねばなりません。おわかりのとおり、彼女は一時的な婚約者になることはできても、あなたの后《きさき》になることも子を産むこともないのです」

手酌で杯を満たしたラヒムが、無表情に言い放つ。

そう――、あくまでもライラは婚約者にしかなれない。婚約の儀を行い、正式な婚約者となる日は間近だが、その後の結婚に関してはなんの準備も進めていなかった。当然だ。

彼女は寵託《シニャーガ》でしかないのだから。

「ラヒム、俺は時々おまえが恐ろしくなるよ。優しい顔をして、残酷なことを言う。最後の一線を越えるなとは言うくせに、俺が彼女に触れているると知っていても何も言わない」

皮肉な笑みで形良い唇を歪《ゆが》ませ、アーデルは注ぎ足された酒で喉《のど》を潤す。いくら飲んでも酔えそうにはなかったが、飲まずにいられない。

「……何も言えないのです。ただ、どうぞ心して彼女に触れてください。そのぬくもりもやわらかさも、神に差し出すものです。あなたは望めばなんでも手に入るお立場ですが、ライラだけは例外です」

愛する女を失って手に入れる未来には、いったいなんの価値があるのだろうか。その地に花は咲くのか。その空に鳥は飛ぶのか。

この胸に彼女は——永遠に刻み込まれるというのに。

「感傷にひたるのは、まだ早い……か……」

アーデルは杯に残った酒を飲み干すと、さっさと立ち上がりラヒムに背を向ける。

「殿下、どこへ行かれるのですか?」

「俺はまだ諦《あきら》められない。ライラの生命が失われるその瞬間ぎりぎりまで、ほかの方法を探す。絶対にあいつを死なせたりしない!」

大股《おおまた》に部屋を横切り、その姿がラヒムの視界から消えた。

天窓には白く大きな月が光っている。

どこからともなく入り込んだ羽虫が、燭台《しょくだい》の火に近づきすぎてその身を焦がして死んでいく。

遠く鳥の羽ばたく音が聞こえた。

＊＊＊

王宮の中庭中心には、白くまろやかに光を反射する石像が立っている。両足を地につけ、ぎんとした瞳孔《どうこう》のない瞳《ひとみ》に睨《ね》めつけられると、ライラはなんともなしに心もとない気持ちになるのだが、侍女たちは特に気にも留めないらしい。

相も変わらぬ晴天の下、黒い覆長衣《アバヤ》をまとった侍女たちに中庭へと連れだされたライラは高く天をつく棗椰子《なつめやし》の木陰へと案内される。朱金の美しい敷物が敷かれ、銀盆の上には昼食が並んでいた。今日はここで食事をしろということなのだろう。

侍女たちは数多くいても、ライラと個人的に会話をすることはない。彼女たちは自分の職務に忠実だが、王子の婚約者と親しく話すことを禁じられているようだった。

婚約の儀を明後日に控えたライラが体調を崩すことのないよう、じゅうぶんな栄養のある食事を食べさせ、昼のあたたかい時間に体を清めさせ、美しい衣服を着せておくことが彼女たちの仕事なのだ。

だが、どんなに高価な食材を用いた料理であっても、ひとりで食べておいしいとは思えない。ライラは案内された敷物の上に履物《ナツル》を脱いで裸足《はだし》で座り、煮豆と果物を少々口にすると残りを片付けてくれるよう、近くに立っていた侍女に頼んだ。

昨晩、アーデルは空が白むころになってようやく寝所にやってきた。起きて待っていたと知れれば、迷惑に思われるかもしれない。そう思ったライラは、彼が抱きついてきても眠ったふりを続けた。逞《たくま》しい腕に抱かれながら、浅い眠りの中で見た夢はどこか物悲しく、目覚めたときに彼の姿がなかったこともあり、今日は朝から心が晴れない。

――殿下はお忙しくていらっしゃるのだから、わがままを言ってはいけないとわかっているけれど……。

それでも王宮内でただひとり、彼女が頼る相手がアーデルだ。気まぐれな友のシャフィークも、こんなときに限って姿を見せない。羽ばたきの音が聞こえるたび、ライラは空を見上げるが飛ぶ鳥はどれも彼女の待つ小鳥ではなかった。

それにしても、王宮に来てからというもの一度も雨が降っていない――。

見上げた青空のまばゆさに、かすかな眩暈《めまい》を覚える。砂漠に四方を囲まれたサフィールでは、からりと乾いた晴天など珍しいものでもないが、ここまで雨音を聞かないのは少々不安を感じてしまう。王宮ではふんだんに水を使用しているが、市井の療養所で暮らす養父は水不足に困っていないだろうか。

侍女が運んできた薬草茶を飲みながら、ライラは養父と暮らしたニハーヤ村の日々を思い出す。決して裕福な生活とは言いがたかったが、愛する養父と過ごす静かな時間が懐かしい。

――ここにいるわたしは、本当にあのころのわたしと同じ人間なのかしら。

不意に、石像の向こうあたりから人の声が聞こえてきた。ライラを取り囲む侍女たちとは違う、男の声。それがアーデルの声に思えて、ライラはつい腰を上げる。

「どうかなさいましたか？」

年長の侍女が不思議そうに声をかけてきた。

食事も終えたのだから、中庭を散策したいと言えば少しくらいは自由にさせてもらえるはずだ。

「あの、少し歩いてきてもいいかしら。中庭からは出ないし、目の届かない場所には行かないので……」

もっと堂々と振る舞ったほうがいいと知っていても、ライラには今まで使用人を持った経験がない。王宮へ来て数日が過ぎても、まだ侍女たちに頼み事をしたり、断りを入れるのにためらいを感じてしまうのはそのせいだ。

「おひとりでは困ります。散策でしたら、わたくしが付き添わせていただきます」

「は、はい」

本当はひとりでこっそりとアーデルのそばまで行きたかったが、わがままは言えない。日中に彼と会えることなど普段はないのだから、その姿を遠目に見られるだけでもじゅうぶんだと思わなくては。

ライラが履物《ナツル》を履いて歩き出すと、年長の侍女は数歩後ろをついてくる。中庭と宮殿建物の出入り口には、左右にひとりずつ衛兵が立ち、常に厳重な警備が敷かれていた。

石像の脇《わき》を迂回《うかい》して、石壁の近くまでつくころには向こう側から聞こえてくる男性の声がアーデルで間違いないとライラは確信した。何を話しているのかは定かではないけれど、どこか硬質さを感じる声音は、ふたりで過ごす夜の時間と異なっている。

「……それとも、何か理由がおありなのですか？　踊り子風情と婚約する王子なんて、聞いたことがありません！」

不意に響いた甲高い女性の声に、ライラはびくりと足を止めた。しかし、壁向こうに彼女の存在が知られているはずもなく、会話はなおも続いていく。

「俺の婚約者は俺が選ぶ。おまえに文句を言われる筋合いはない」

会話の雰囲気から、自分の存在がアーデルに迷惑をかけていることが窺《うかが》える。やはり、託宣の結果とはいえなんの後ろ盾もなく、誰の子かもしれぬ自分など、いずれ王となるアーデルの婚約者になるのは身分不相応なのだと思い知らされ、ライラはうなだれた。

そんな彼女を見て、普段は無口な侍女が小さく声をかけてくる。

「ライラさま、気にしてはいけません。サイーデフさまは少々物言いがきついお面がおありですから」

「……サイーデフさま？」

「殿下とお話しになっていらっしゃる、貿易商のターヘルさまのご令嬢です。殿下の末の妹王女と懇意にしていらっしゃるので、時折王宮に足をお運びになられるのです」

そうは言われても、相手の素性がわかるほどライラの心は沈んでいく。サイーデフと呼ばれた女性は、アーデルの婚約者がライラであることにひどく反対のようだ。それに、気のせいでなければ彼女もアーデルに特別な想いを寄せているように感じる。

――高貴な身分で、以前から殿下と顔見知りの女性からすれば、突然現れたわたしなんかが婚約者だなんて認められないに決まっているもの……。

立ち聞きが行儀の悪いことだと知りながら、ライラはふたりの会話が気になって、侍女の目もかまわず石壁に近づいた。

ラヒムは、アーデルに特別親しい女性はいないと言っていたが、侍女でさえ知っているサイーデフの存在を思うと不安がよぎる。もしかしたら、アーデルはサイーデフと恋仲だったのかもしれない。ふたりの間を邪魔しているのが自分なのだとしたら――わたしは身を引くの？　どうやって？　ここから逃げ出すの……？

石壁は、人工的に造られたものではなく、古い遺跡から運ばれてきた中庭の芸術品のひとつだった。幾筋も亀裂《きれつ》が入り、大きな割れ目からは光がこぼれてくる。ここから覗《のぞ》けば、ふたりの様子が見えるだろうか。

ライラは意を決して地べたにしゃがみこみ、壁向こうに立つ女性を覗き見た。

艶《あで》やかな化粧に彩られた扁桃《ロウズ》形の大きな目をした、勝ち気そうな美貌《びぼう》の少女が、アーデルの胸に抱きついている。上質の黒布をたっぷりと用いた覆長衣《アバヤ》の裾《すそ》から、中に着ている鮮やかな翡翠《ひすい》色のドレスが見え隠れした。

――ああ、やっぱり……。

心の底まで裂けてしまいそうな絶望感が、一瞬でライラの中にわきあがる。どこからどう見ても豪奢《ごうしゃ》な装いの少女は、自分などよりずっとアーデルに似合いだ。

「私をお選びくだされば、父も王家にいっそうの寄付をいたしますわ。この水不足であえいでいる国民を助けるためにも……殿下に必要なのは後ろ盾もない踊り子ではなく、この私です！」

その言葉に、ほかでもないライラがいちばん納得していた。ただの踊り子が、王子と婚約してなんの役に立てるだろう。自分などより彼には似合う相手がいくらでもいる。なのに、なぜ――好きになってしまったのか。分不相応な夢を見た報いが、この有り様だというのならば、最初から手の届かない夢など見ずにいたかったものを。

しかし、そんなライラの悲しみを払拭《ふっしょく》するように、アーデルはサイーデフの肩を押しのけて苛立《いらだ》ちのこもる声で話しだした。

「くだらん。おまえは金ですべてが解決できると思っているのか？　浅慮も大概にしろ」

「いやです！　私は殿下を幼いころからお慕いしてきたのです！　ほかの女をお選びになるなど……」

すがるサイーデフを退けて、アーデルが護衛兵を呼ぶ。駆けつけてくる足音を聞きながら、彼は美貌の令嬢を見下ろした。

「俺の婚約者は俺が決める。そして、俺の選んだ婚約者を侮辱する者を、俺は決して許さない。サイーデフ、たとえ相手がおまえであろうとな」

「……っ！」

美しい相貌《そうぼう》に悔しげな表情を隠しもせず、サイーデフが唇を噛む。そこに護衛兵がふたりやってきて、アーデルは客人が帰るから輿《こし》まで送るよう命じてその場を去っていく。残されたサイーデフが、こっそりと涙を拭《ぬぐ》うのを見てライラは石壁から離れた。

――わたしは託宣で選ばれただけなのに。殿下もはっきりと、そうおっしゃってくだされば……。

傷ついているサイーデフの姿に罪悪感を覚えながら、同時にライラはアーデルの言葉を思い出して心臓が高鳴るのを感じた。

ただの踊り子で、なんの利益もない自分を婚約者に選んだのは託宣の結果が理由だ。それ以上でもそれ以下でもないはずなのに、あの言い方ではアーデル自身の想いがあるように期待してしまう。

誰かが傷つくと知っても、誰かを傷つけると言われても、胸に芽吹いた恋を消すことはできない。

たとえ、アーデルが自分を不要だと言う日が来たとしても、想っているだけなら自由なのだから――。

見上げた空には一片の雲もない。

ライラの瞳に映る空の美しさは、アーデルを想う彼女の心によく似ていた。ただ清らかに、ひたすら一途《いちず》な恋心はどこまでも澄み切って穢れを知らない。

＊　＊　＊

夕刻前に湯浴《ゆあ》みを終えて、ライラは寝所でひとりの夕食を済ませた。今夜もアーデルの戻りは遅いのだろうか。誰に尋ねることもできぬまま、夜が訪れようとしている。

小室《アルコーブ》の紗織布《さおりぬの》を寄せ、やわらかな椅子《いす》に腰を下ろしたとき、寝所の入り口に侍女が姿を現した。こんな時間になんの用だろうかと、ライラは慌てて立ち上がる。

「失礼いたします。儀式の衣装が完成しましたので、確認のため袖《そで》をとおしていただきたいのですが、お部屋に運んでもよろしいでしょうか？」

婚約の儀で身に付ける装束は、王宮に連れてこられた翌日に採寸されて大急ぎで準備されていた。婚約が決まってから、儀式まであまりに時間がなかったこともあり、ライラはどんな衣装ができあがるのかまったく知らなかった。

「衣装はどちらにあるの？　ここまで運ばなくても、わたしが出向いたほうが楽なら……」

「よろしいのですか？」

王宮の最奥部にある部屋まで運ぶのは、侍女たちも手間だろう。それにライラとて自分のために作ってもらった婚約衣装には興味があった。

「では、こちらへ」

侍女の案内に従いながら、たった数日で衣装を縫い上げる職人たちに感謝の念をいだき、同時になぜこれほど婚約を急ぐのかをライラは不思議に思った。

託宣によって自分が選出された偶然はまだ良しとしても、アーデルには結婚や婚約を急ぐ理由が見当たらない。現王の健康に問題があるという噂もなければ、喫緊で近隣諸国との対立も耳にしたことがなかった。

――こんなに急いだせいで、みんなに苦労をかけてしまったなら、婚約自体はもっと日を遅らせても良かったのではないかしら……。

しかし、ライラの胸にかすかに渦を巻いた疑問は、仕立てられた衣装を前に霧散した。

「まぁ……！」

王室に伝わる古き伝統的な婚約用の装束は、真紅《しんく》に金糸の縁取りを施して優美さと女性らしさを演出している。ごく薄い紗織の布地は縫うのにどれほど苦労したことだろう。

ライラは袖をとおすより先に、仕立ててくれた職人たちにひとりずつ礼を言った。中年から壮年の女性職人たちは、王子の婚約者となる娘から懇切丁寧な謝辞を受けて、大仰に驚いたり感激したりしつつ、ライラの慈愛にあふれた人柄を好ましく感じていた。


一通りの確認を終えて、来たときと同じように侍女の案内で寝所へ戻ると、わずかに室内の香りが違っている。香炉には新しい乳香《リバーン》の樹脂が焚《た》かれ、ライラがいない間に侍女が寝るためのしたくを整えていてくれたらしい。

——だけど、今まで香炉の片付けをしてもらっても香りが違うことはなかった気がする……。

なんとなしに違和感を覚えながら、ライラはひとり寝所の小室《アルコーブ》でくつろぐことにした。アーデルが戻ってきたら、すばらしい婚約衣装を準備してくれた礼を言いたい。彼はきっと、自分が作ったわけではないと笑うだろう。それがわかっていても、胸にこみあげる愛情のひとかけらを伝えたかった。

まだ自信はないけれど、婚約の儀を終えれば正式にアーデルの婚約者となる。認めてくれない人もいるかもしれない。出自や容姿を疑問視する人も当然いるに違いない。それでも、少しでもアーデルの近くで彼を支えられるように——。

そのとき、ず、ずず、とどこからともなく奇妙な音が地を這《は》う。ぞくりと背筋が粟立《あわだ》った。ライラは昔、一座で旅をしていたころに何度か似た音を聞いた覚えがある。だが、この王宮でそんなことが？

急いで両足を小室《アルコーブ》の長椅子の上にあげる。

同時に彼女の目に映ったのは、精緻《せいち》な絨毯《じゅうたん》の上を這う赤錆《あかさび》のような色をした蛇の姿だった。

砂漠の毒蛇に噛まれたら、助かる術《すべ》はない。かつて親しくしていた笛吹の老女が、しわだらけの顔に恐怖を浮かべて話していたのを思い出す。赤蛇には特に気をつけろ。一噛《ひとか》みで獅子《しし》をも殺す猛毒を持っている、と彼女はそう言っていた。

——どうしよう。どうしたら……。

幸い、小室の入り口は寝所の床より高くなっている。このままここにいれば、蛇に気づかれずにやりすごせるかもしれない。だが、ライラが蛇をやりすごした場合、あの蛇は廊下に出て侍女や護衛兵を危険な目にあわせるのではないか。

護衛兵――そうだ、兵を呼べば……。

だが、恐怖に喉がひどく強張《こわば》り、声を出すこともままならない。両手足はがくがくと震え、背に流れる艶《つや》やかな黒髪も毛先が揺らいでいる。

今考えてみれば、寝所に戻ってきたときに感じたいつもと違う匂《にお》いは、蛇の持つ焦げたような生臭さだったのだろう。

緊張と恐怖の極致で、ライラは廊下を歩いてくる足音に気づけなかった。寝所の入り口にアーデルが姿を見せるまで、彼が戻ってくる時間だということにも考えが至らなかった。

「で、殿下、来ないでください！」

きらめく金の髪を見た瞬間、ライラの喉は悲鳴にも似た叫びを発する。理由を説明する余裕はなく、ただアーデルに危険があってはいけないとそればかりが先走る。

「どういうことだ。ライラ、おまえは……俺を拒むつもりか？」

翡翠の瞳が鋭く彼女を睨めつけた。いけない。これではこちらに意識を向けさせてしまって、彼は蛇に気づけないままだ。そう思ったが、もう遅い。

「そうではありません。あ、あの……」

「声が震えているぞ。なぜ入ってほしくないのか、きちんと言ってみろ。俺を拒むなど、たとえ婚約者だろうと許さない！」

彼は大股に絨毯を横切ろうとした。その進路に赤蛇が――。

「ダメ、ダメ……っ！」

裸足で小室《アルコーブ》から下りると、ライラは必死にアーデルへと走り寄った。そして、突進するように彼の胸に抱きつく。

「おい、ライラ、何を……」

「来ないでください。お願いです。蛇が、蛇がいるんです……！」

背の高いアーデルを力いっぱい押しやるも、鍛えた体はびくともしない。ライラは目に涙をいっぱいにためて、麗しい王子を見上げた。

「お願いですから、殿下……っ」

チキ、と金属の音が響き、アーデルは無言で腰の長剣を抜く。震える両手で胸にしがみつくライラを左手一本で軽々と脇に避《よ》けた彼は、絨毯を這う毒蛇に狙《ねら》いをつけた。

「そういうことか」

燭《しょく》の火が、長剣の刀身に反射する。

ひらりとその剣先が宙を舞い、刹那《せつな》、蛇の腹が一刀両断された。

「ああ……」

ライラは安堵《あんど》のあまり、へなへなとその場に崩れ落ちる。もう膝《ひざ》に力が入らなかった。

絨毯に座り込んだ彼女は、自分の頬《ほお》が涙で濡《ぬ》れていることにようやく気づいた。

汚れた刀身を拭ってから鞘《さや》に戻すと、アーデルがライラの正面に膝をついた。視線を合わせ、青い瞳を覗きこむ。

「……俺の身が危険だと思ったから、入るなと言ったのか……？」

顔面蒼白《そうはく》になって震えながら、ライラは何度も頷《うなず》いた。アーデルが無事だったのだから、もう泣くことはないとわかっているのに、涙はまだ止まらない。

「あ、あの……自分でどうにかしなくては、と……。でも、殿下に何かあっては取り返しがつかな……」

わななく唇はうまく動かず、混沌《こんとん》の思考も言葉を惑わせる。説明すらままならない彼女を、しなやかな腕が強く引き寄せた。

「で、殿下……？」

息が苦しいほどにきつく抱きしめられ、彼女は涙に濡れた長い睫毛《まつげ》を瞬《しばたた》いた。こまかな涙の粒が弾ける。

「馬鹿《ばか》が！　俺が来なければどうなっていたと思っている！　おまえのこの細腕で、毒蛇から身を守ることができるのか⁉」

「も、申し訳ありませ……」

ああ、やはり怒らせてしまった――。

たかが毒蛇一匹で、これほどまでに取り乱すなど見苦しいと思われているのかもしれない。さっさと護衛兵を呼んでおけば、アーデルを危険にさらすような事態にもならなかったはずだ。

しかし、ライラの考えに反して金《ダハブ》の王子はせつなげに吐息を漏らすと、力強い腕とは裏腹に優しいくちづけを彼女のこめかみに落とす。何度も何度も唇を押しあて、腕に抱いたライラの無事を確かめるように、黒髪に顔を埋めた。

「殿下、あの……」

思いがけない彼の行動に、こんなときだというのに心臓が高鳴る。触れられた肌が熱を持ち、抱きしめられた体がおかしいほどに甘く疼《うず》く。

「心臓が……止まるかと思った。俺をこんな気持ちにさせないでくれ……」

切実な声はアーデルらしくない。いつだって彼は凜《りん》とした張りのある声で、堂々たる王子として発言する。それなのに――なぜだろう。苦しそうな弱った声音に、心がきゅうっと締めつけられてしまう。ライラを強く抱きしめているのはアーデルのほうだというのに、その腕が彼女にしがみついているようにさえ思えてくる。

密着した胸と胸、互いの左胸で心臓が大きく鼓動を打っていた。ライラの右胸にはアーデルの鼓動が響き、アーデルの右胸にはライラの鼓動が伝わる。ただそれだけのことに、彼女は言葉にならないほどの愛《いと》しさを覚えていた。

その後、アーデルは護衛兵を呼んで毒蛇の死骸《しがい》を片付けさせる間も、ライラの腰に腕をまわして決して離さなかった。話を聞きつけたラヒムが駆けつけ、今夜は別の部屋を用意させると言いだしたのは、護衛兵数名が部屋中を調べ終わったあとだった。念入りに調べあげるも、外から蛇が入り込むような隙間《すきま》は見当たらず侵入経路は謎《なぞ》のまま。外に面しているのは、高い位置にある窓くらいのものだ。

一通りの作業が済むと、アーデルは人払いをしてライラを抱きしめたまま寝台に横たわる。

「あ、あの、殿下、もう大丈夫です。ご迷惑をおかけしてしまい、本当に申し訳ありませんでした……」

大掛かりな蛇捜索に恐縮し、ライラはひどく体を縮こまらせて謝罪した。

「まったくだ。遠慮深いのもおまえの美点だが、危険が迫っているときくらい助けを呼べ。それと――いつまでも殿下などと他人行儀な呼び方をするな」

アーデルは、言いながらライラの衣服を脱がせていく。その手があまりにも自然で、拒むことさえ忘れてしまった。

「で、ですが……殿下は殿下です。それ以外になんとお呼びすれば良いかもわかりませんし……」

薄衣のやわらかなドレスが剝《は》ぎ取られ、白い裸身がしどけなく敷布に横たえられる。長い黒髪が扇のように広がった。

「アーデルと呼べばいい」

「そんな！　おこがましくて、呼べません！」

即座に首を振ったライラを見下ろす翡翠の瞳が、なぜか悔しそうに細められる。

「ラヒムのことは名前で呼んでいたではないか」

「え……？　それは……」

「ほかの男を名で呼ぶくせに、婚約者となる俺のことは殿下だなんておかしいだろう」

胸元を隠そうとする腕をつかみ、アーデルが唐突に愛らしい乳首に吸いついた。ぴりっとした刺激と、慣らされてしまった甘やかな快楽が全身にしみわたる。

「んっ……、ぁ、ぁ、……アーデル、さま……」

最初から、彼の魅力に抗《あらが》えるわけなどなかった。冷たく見えても優しくて、その瞳の奥に燃えるような情熱を秘めた人。ニハーヤ村で助けてもらったとき、ライラは初めての恋に落ちた。

それまでは、恋に憧《あこが》れる暇さえなく毎日の瑣末事《さまつごと》に明け暮れていたというのに、なんの前触れもない初恋は彼女を翻弄《ほんろう》した。

逆らうことも、抗うことも許さない。絶対的な愛情の存在を知ってなお、ライラはひたすらにアーデルを想う。

──好きにならずにいられない。もう、好きになっていいかなんて聞くこともできない。だってわたしは……。

「アーデルさま、ぁ……、あぅ……っ」

愛されていなくともかまわない。

彼が託宣の結果だけで、自分との婚約を決めたことくらいライラとて重々承知している。

「は……、そんなかわいらしい声で呼ばれると、おかしくなってしまいそうだ」

細腰を包む腰布を引き剝がし、アーデルがさも愛しくてたまらないという表情でライラの腹部を撫《な》でさすった。

「ライラ、もっと呼んでくれ。俺の名だけを、今夜はずっと……」

「はい、アーデルさま……。アーデルさま……」

──愛しています、アーデルさま。

想いは彼女の心を甘く蕩《とろ》かし、いとけない蜜口をしとどに潤していく。

胸いっぱいに広がる愛情と、彼の与える快楽に溺《おぼ》れているライラの指先に、不意に何か硬く熱い存在が触れた。

位置としては、アーデルの腹部──より、少し下だろうか。衣服に包まれていても、体のほかの部位に比べて感触が明らかに異なっている。

「……ぁ……、こ、これ……って……」

ライラを慈しむばかりで、自らの欲望を解放するための行為に走らないアーデルだったが、指先に触れた存在がうちに秘めた劣情を伝えてくる。

――どうしよう。わたしばかり、いつも乱れてしまうけれどアーデルさまだってきっと……。

男女の愛の交歓に関しては、年齢のわりに疎いところのあるライラだったが、それでも男性の欲望について無知なわけではない。初めて知る熱は、胸を舐《ねぶ》られて愛に喘《あえ》ぐ彼女を殊更快楽の波で沖へと誘《いざな》っている。

「アーデルさま、わ、わたしも……、アーデルさまに気持ちよくなっていただきたいので……」

羞恥《しゅうち》にわななく唇を舌で湿らせ、ライラは精一杯の想いを込めて愛しい王子を見上げた。翡翠の瞳が驚いたように見開かれる。はしたないことを言いだす女だと思われる可能性も知りながら、それでもこのまま自分だけが快楽に酔いしれるのが寂しくなってしまった。

望んではいけないはずが、貪欲《どんよく》になる。

彼を知るほど、彼を愛するほど、強くなる衝動。

しかし数秒が過ぎ、十数秒経《た》ってもアーデルは黙ったままで彼女を凝視している。女性から言いだすことではなかったのだと気づいても、今さら口にした言葉を取り消す方法はない。

「……申し訳ありません！　出すぎた真似を……」

沈黙に耐え切れず、ライラは泣きそうになって両手で顔を覆った。せっかく徐々に心の距離が近づいてきたというのに、これでまた王宮に来た当初の冷たいアーデルに戻ってしまったら――。

「何を謝る。――嬉《うれ》しいに決まっているだろうが。ただ……清純なおまえにそんな気遣いをさせてしまったかと思うと、少々心苦しいだけだ」

顔を覆ったライラの指に、ちゅ、と唇が触れる。彼の声はいつもよりずっと困惑していて、それだけでふざけて言っているのではないことが伝わってきた。

――嬉しい？　アーデルさまが、喜んでくださっているの……？

おそるおそる顔から手を下ろすと、普段は涼しげな美貌の青年がかすかに頬を赤らめているのが見えて。

「……照れくさいものだな。おまえはいつも、こんな気持ちだったのか？」

薔薇《ワルド》の香りを漂わせて、アーデルはふっと微笑《ほほえ》んだ。些細《ささい》な一言《ひとこと》であっても、彼が自分のことを思ってくれているのが感じられる。心がぎゅうっと締めつけられるせつなさと、どうしようもないほど早鐘を打つ心臓の息苦しさに、ライラは小さく頷くしかできなかった。

とはいえ、具体的に彼に気持ちよくなってもらうためにどうすればいいか、ライラは詳細がわかっていない。旅をしていたころに出会った春を鬻《ひさ》ぐ女性たちは、けらけらと笑いながら右手を軽く握り、上下に振る仕草をよく見せていた。あれが淫猥《いんわい》な意味合いの動きだということは予想できるのだが——。

わからないならば聞けばいい。

間違った手順や方法で、アーデルの大切な体に何かあってからでは遅いのだ。それでなくとも今夜はすでに一度、赤蛇の件で迷惑をかけてしまっている。これ以上の失態を演じるよりは、恥を忍んで尋ねるしかない。

ライラは大きく息を吸うと、勢い込んで口をひらく。

「あっ、あの！」

「なんだ？　……やはり、無理なら無理と言っていいのだぞ。そんなに顔を真っ赤にして、息まで苦しそうではないか」

緊張のせいで赤面している彼女の頬を、アーデルが優しく指先でなぞった。たしかに恥ずかしいし、息苦しいほどに鼓動が速い。だが、嫌々申し出ていると思われたくはなかった。

「ちが、違うんです。そうではなくて、その、自分で申しておきながら、わたし……、ど、どうしたら殿下に気持ちよくなっていただけるか、わからなくて……」

翠瞳《すいとう》を直視する勇気はさすがにない。長い睫毛を伏せて、ライラはためらいがちにそう告げた。おそらくとか、たぶんとか、そんな曖昧《あいまい》さではなく、彼に心底気持ちよくなってもらうための方法を知りたい。

またしても無言になったアーデルが、口元を右手で隠してふいっと顔を背けた。

——ああ、どうしよう。今度こそ怒らせてしまったのかもしれない。

不安に駆られる彼女から、金《ダハブ》の王子が体をよける。起き上がろうとしたその上半身に、ライラは反射的にひしと抱きついていた。

「ごめんなさい……！　殿下、どうぞ怒らないでください。わたし……、わたし、何も知らなくてご面倒をおかけするかもしれませんが、殿下に少しでも喜んでいただけるよう精一杯頑張ります。ですから、どうか……」

「馬鹿。これ以上煽《あお》るな」

唇が、甘くふさがれる。

いつもより熱を帯びたくちづけに、ライラは息もできず目を閉じた。先日、初めて接吻《せっぷん》をされたときは意識を失うまで我慢してしまったが、そうではなく鼻で呼吸するようにとアーデルは優しく教えてくれた。

——怒って、ないの……？

彼はひたすら甘く激しく、ライラの唇を貪《むさぼ》る。そのひたすらなくちづけに、いつしか焦燥感も薄れていく。

「……殿下ではなく、アーデルと呼べと言ったはずだぞ」

指一本分ほど唇を離して、アーデルが拗《す》ねたような声を漏らした。

「は、はい、アーデルさま、申し訳ありませ……んぅ……」

謝罪の途中だというのに、その言葉尻《じり》が彼の唇に奪われてしまう。

どうしてだろう。唇と唇を重ねていると、ひどく心が痺《しび》れるのは。

体に触れられて、甘やかな刺激に感じ入るのとは何かが違う。ただ心を溶け合わせるように赤い唇が淫《みだ》らに腫《は》れ、もっと深くまで彼を受け入れたいと願ってしまうのは――。

「怖くなったらいつでも言っていい。我慢はするな」

「……は、い……」

力の抜けたライラの体を軽く持ち上げると、アーデルは彼女をうつ伏せに寝台の上に下ろした。しなやかにそった背骨を、つぅっと彼の指がなぞる。

「ひ……ぁ、ぁん……っ」

「そのまま、少し腰を浮かせてみろ。そう、膝を曲げて……」

言われるまま、四つん這いになって顔を枕《まくら》に押しつけると、背後で衣服を脱ぐ衣擦《きぬず》れの音が聞こえた。

手や口で愛するものとばかり思っていたライラは、自分がまったく勘違いをしていたのだろうかと今さら恥ずかしくなる。やはり、わからないことは聞いたほうがいい。そう思った瞬間、慎み深く閉じた内腿《うちもも》の間に灼《や》けつく何かが割って入ってきた。

「……え……？」

腰を両側からつかまれ、ライラの臀部《でんぶ》にアーデルの腰が密着する。足の付け根に食い込んだ太く逞しい熱の塊を感じて、淫畝《いんせ》の奥で蜜口がきゅぅっと窄《すぼ》まった。

「ぁ、あの、アーデルさま、それ以上腰を上げないでくださ……。ぬ、濡れてしまうので……」

か細く弱々しい声で訴えたのは、自分がひどく感じてしまっているという事実。しかし、先に伝えておかなくては、彼の体を汚してしまうかもしれない。そのくらい、ライラの秘処は熱く潤っていた。

「何をかわいいことを言うかと思えば……。いいか、ライラ。濡れているほうがお互いに気持ちよくなれる。だから、おまえはもっともっと蜜をあふれさせ、俺を悦《よろこ》ばせればいい」

腰をつかんでいた両手が、脇腹を左右同時に這い上がってくる。ぞわりと背中が粟立って、ライラは腰をあえかに揺らした。その揺らぎが内腿に挟み込んだ楔《くさび》を誘い、媚肉《びにく》の割れ目に先端の膨らみがちゅくりと食い込む。

「……っ……は……」

堪えきれないとばかりに、アーデルが裸の胸をライラの背中に押しつけた。両腕はきつくきつく彼女の体を抱きしめて、その指先が胸をかすめる。

「アーデル、さま……っ」

ツンと尖《とが》った胸の先端を指で弾かれると、彼の昂《たか》ぶる熱を挟《はさ》み込んだ淫畝がきゅぅっとせつなく疼いてしまう。

「怖いか……？」

痛みに耐えるような、情動に追いやられるような、表現しがたい彼の声に、ライラはふるふると首を横に振った。艶髪《つやがみ》が薄い肩の上で波打つ。

「どうぞ……、アーデルさまのお好きにしてくださいませ……」

彼女の声に、アーデルはびくりと肩を震わせた。彼がライラの首筋に顔を埋めたのが、始まりの合図になる。

「煽るなと言っているのだが……。おまえの純真さが、俺を惑わせる」

閉じ合わされた媚肉の間《あわい》を、脈打つ雄槍《おすやり》が擦《こす》りあげた。ライラからあふれた愛証の液に濡れた先端が花芽を扱《しご》き、次の瞬間には勢いよく彼の腰が引かれる。思いもよらなかった衝撃に、いとけない蜜口がひくひくと収斂《しゅうれん》を始めた。

「ぁ……っ……！　あ、あ、ぁ……」

激しい往復に、可憐《かれん》な花弁《はなびら》がめくれあがる。体全体が彼の熱で擦られているかのように、せつなさで背がしなった。敷布から浮いた胸を、大きな手が弄《まさぐ》っては愛らしく尖る乳首を指でこりこりと捏《こ》ねられて、ライラはあられもない嬌声《きょうせい》を漏らす。

「あぁ……っ、アーデルさま……、ふ……ぁ……、ん、ぅ……！」

肉と肉が擦れあう淫靡《いんび》な音に混ざるのは、ねっとりと絡みつく媚蜜の水音。彼の灼熱《しゃくねつ》を根本まで濡らしてもなお、まだあふれでる愛欲《あいよく》の泉は尽きることを知らない。

「わかるか……？　は……、これが俺だ。おまえを欲して激しく昂ぶる俺の本能だ……っ」

左右の乳首をきゅぅっとつまみ上げ、アーデルが獣《けもの》のような体勢で腰を打ちつける。膨らんだ切っ先が花芽を扱くたびに、くぼみにたまった蜜が飛沫《しぶき》をあげて敷布に散る。

「ゃ……、ぁ、あ、んん……っ……」

つぶらに腫れた愛らしい突起から彼の熱と欲望と衝動が伝わり、ライラは耐え切れずに自分から腰を振ってしまう。なんてはしたないと思うのに、彼をもっと感じたくて体が言うことを聞かない。

密着した部分だけではなく、狭隘《きょうあい》な淫襞《いんへき》の筒の最奥がずきずきと痛い。指を突き入れられたときを思い出して、その名残を追いかけるように粘膜が何かを求めて蠢動《しゅんどう》を繰り返す。

「アーデルさま、あ、あぁ……っ……、わたし……、お、おかしく、なっ……んん……っ！」

首筋に熱い唇が吸いついて、柔肌《やわはだ》に赤い花を散らした。吸われるたび、ライラの腰の奥に熱が積もっていく。層になって高まる愛慾は、いつしか打ち砕かれた果てを欲していた。

「おかしくなってもかまわん。おまえがいかに淫らな声をあげようと、はしたなく達しようと、俺は………」

その先は、声がかすれてうまく聞き取れなかった。淫靡な愛溺《あいでき》の行為に没頭し、耳鳴りに自分の声さえかき消されている。

「ゃぁ……、ぁ、もぉ……っ……、ん、ん……、アーデ、ルさま……っ」

ぎゅっと閉じた瞼《まぶた》の裏に、いくつも白い星が瞬《またた》いた。ああ、また――。

「ダメ……、ん、あぁ……っ、達《い》っちゃう……っ」

「っは……、ライラ、ライラ……っ」

はちきれそうに張り詰めた切っ先が、淫芯《いんしん》をひときわ強く扱きあげる。その瞬間、ライラは白い喉をそらして、背を大きくしならせた。

「あぁ、ぁ……、んん――……っ！」

「……く……っ……」

びゅくり、と何かが彼女の花芽に迸《ほとばし》る。奔流のごとく、あとからあとから敏感な粒に重吹《しぶ》いては、達したばかりのか弱い花芽をさらなる果てへ追いやろうとする。

「ゃ……、ぁ、熱……っ……」

逃げようと震えた体を、アーデルは折れんばかりに抱きとめた。彼の欲望が吐き出されている間、ライラの儚《はかな》い粘膜はずっと痙攣《けいれん》し、赤い唇は甘く淫らな嬌声をあげ続けた——。

＊＊＊

夜の静寂《しじま》が、寝台の紗織布の上からふたりの健やかな眠りを包み込む。

一途な恋情に突き動かされて、果てのない快楽を分け合った疲労に、ライラは泥のごとく眠っていた。

やがて金色《こんじき》の兆禍が北の空で光り輝く。青い瞳はそれを映すことなく、薄い瞼に閉ざされている。

兆禍と呼ばれる星を、ふたりの因果を司るその存在を、彼女はまだ知らない。

愛する人の腕の中、穏やかな寝息を立てる彼女は、ただひたすらに幸福だった。

第四章　金の星に誓いし夜

鮮やかな真紅《しんく》の婚約衣装に身を包み、ライラはほっと息を吐く。

王宮の礼拝堂でサッタール神の前に婚約の誓いを立て、王と王妃の祝福をいただいたアーデルとライラは、駆けつけた人々に囲まれて華やいだ時間を過ごした。

政府関係者や王都に住む豪商たちが相次いで訪れ、慣れないライラにとっては当惑の時間でもあったが、アーデルがうまくさばいてくれたおかげで乗り切ることができた。

少し人混みを離れて宴会会場となった広間の外で風にあたっていると、正装したラヒムがラバーブを手にしたイムラーンに手を貸しながら歩いてくる。

「……父さん！」

一緒に暮らしていたころの眼帯代わりの布は見当たらず、養父はライラを見つけて軽く手を振った。見えている。そう、見えるようになるだろうとは聞いていたが、今日この日に晴れ姿を見てもらえるとは――。

「ライラ、なんと美しい姿だろう。母さんが見たら、きっと涙を流して喜んだろうに」

彼女の近くまでやってくると、イムラーンは鼻をすすって目を細める。療養所から連れてきてくれたのもラヒムだろうか。

「ラヒムさま、ありがとうございます。養父《ちち》を招待してくださって……」

赤い衣装の裾《すそ》を揺らして礼を言うライラに、ラヒムが軽く首を横に振って見せる。

「イムラーンを招待したのは私ではありませんよ。お礼はあなたの婚約者に言うと良いでしょう」

——アーデルさまが……？

昨晩も同じ寝台で眠っていたのに、彼はそんな素振りを微塵《みじん》も感じさせなかった。しかし、ライラにも最近ようやくわかってきたことがある。優しく慈愛にあふれたアーデルは、その心遣いを決して相手に悟らせず、そっと手を貸してくれる男性だ。見返りを期待することなく、相手のためになることを見極める姿勢には人間として敬意を覚える。

「ライラや、アーデル殿下とおまえのおかげで、またこうして自分の足で歩くこともできるようになった。目も少しずつ良くなってきて、ラバーブを演奏することもできるようになった。本当に、本当にありがとう。おまえは儂《わし》の自慢の娘だ……」

浅黒いイムラーンの手が、力強くライラの手を握りしめた。病床に臥《ふ》していたころ、筋力も落ちて何をするにもライラの手助けが必要だった養父が、王宮まで外出してこられるようになるなど、あのころならば思いもよらなかった。

「父さん、父さん……、わたしこそ本当にありがとうございます。父さんと母さんがいなければ、今のわたしはありませんでした。みんなと違う外見で、たくさん迷惑をかけてきたのに……、わたしを育ててくれてありがとう。わたしを愛してくれて、本当にありがとうございます……」

感極まったライラの青い目に、たっぷりと涙がにじんでいく。事実、養父と養母がいなければライラはこの世に生きていられたかすら危ぶまれるのだ。

生まれて間もなく捨てられた異国の娘など、誰が育てたがるものだろう。旅芸人一座の座長とはいえ、両親の暮らしは決して裕福だったわけではない。いつも神に感謝し、ほんの少しの果物を皆で分けあうあたたかな日々だった。養母を亡くしてからも、イムラーンは男手ひとつでライラを常に守ってくれていた。

どれほど感謝しても、したりない。

透明な雫《しずく》が白い頬《ほお》を滴り落ちていく。

「泣いてはいけないよ。おまえは神さまから授かった大切な娘だ。こんな儂に、サッタール神は世界一やさしい娘を与えてくださった。これから、おまえは今までと違う世界で生きていかねばならん。さあ、これは——儂からの婚約祝いだ」

養父が差し出したのは、使い込んだラバーブだった。古くはあるが、よく手入れされた逸品で、イムラーンの命とも呼べる大切な楽器だというのに、養父はそれをライラに贈ろうとしている。

「ダメよ。これは父さんのものだわ。それに、ラバーブがなくなったら、体が治ってからい。

どうするの？」

驚いてラバーブを押し返そうとするライラの胸に、悲しい予感がよぎるのを止められない。

命と同じほどに大切なラバーブを手放すなど、これではまるで形見分けのように感じてしまう。せっかく回復してきたはずのイムラーンが、遠く手の届かないところへ旅立っていくようで、ライラは頑《かたく》なに固辞する。

「なに、心配はいらんよ。おまえのすばらしい未来の旦那《だんな》さまが、結納代わりといって特製のラバーブをこしらえてくれた。金品でごまかすのではなく、儂のもっとも喜ぶものを考えてくれるなど、どれほど心ある王子じゃろう」

旅に生き、楽器に人生を捧《ささ》げてきた大きな手のひらが、幼いころと同じようにライラの肩をぽんぽんと叩《たた》いた。これは、昔からの養父の癖だった。寝台に横たわる生活になってからは、ライラの肩に届かなかったこともあって、その慰めと励ましの混ざった手のひらを感じることもなくなってしまっていた。

「……とてもお優しい方です。わたしなんかにはもったいないくらいの……」

「そうかそうか。誰よりも優しいおまえがそう言うのならば、儂はなんの心配もいらんようだ」

手渡されたラバーブの長い棹《さお》を握ると、どこか懐かしい気持ちになる。踊り子として一座の看板娘だったライラだが、イムラーンの教えでさまざまな楽器も学んできた。特に好きだったのが、養父の奏でるラバーブの音色だったこともあり、イムラーンのようになりたいと練習を積んだ。

「これからは、このラバーブを儂だと思っておくれ。おまえのそばにいることはできんが、いつもサッタール神のご加護があることを祈っておるよ」

「はい、父さん。わたしも父さんの健康と幸福を毎日祈ります……！」

大きく二度頷《うなず》いて、イムラーンはラヒムにお辞儀をする。招待してくれたのはアーデルだと言っていたが、ここまで連れてきてくれたのはやはりラヒムのようだ。

養父とラヒムが去ってしまうと、ライラはラバーブを強く抱きしめた。夜空には満天の星がきらめき、背後ではまだ宴《うたげ》が続いている。今夜の宴には、先日中庭でアーデルと言い争っていたサイーデフの姿もあった。彼女にすれば、口惜しいことこの上ないのだろうと知りながら、それでもライラは自分の身の上に降ってきた神の恵みにも思える幸福を手放すことなどできはしない。

もし、託宣などなくとも、彼女はアーデルを愛しただろう。

出会いは偶然で、再会できる見込みなどなかったというのに、心は知らぬうちに彼に向かって走りだしていた。

見上げた青い瞳《ひとみ》に映る、一面の星の絨毯《じゅうたん》。

北の空に、ひときわ強い光を放つ金色《こんじき》の星を見つけて、ライラはいつかの夜を思い出す。あのときよりも目映《まばゆ》く光るその星は、まっすぐに彼女の心を貫いていく。

アーデルの金髪を思わせる輝かしい星を見つめて、ライラはひとつの誓いを立てた。

幾千幾万のきらびやかな星よりも、誰の目にも留まらない異端の自分を認めて、受け入れて、慈しんでくれたアーデルのためならば、どんな苦難も辛苦も引き受けよう。

――あの星に誓って、わたしはアーデルさまのためだけに生きていく。

胸に抱いたラバーブの弦が、指先に擦《こす》れて小さく音を響かせた。ライラの誓いを知るのは、あの金色の星とラバーブだけだった。

＊　＊　＊

白い石像の佇《たたず》む中庭で、少し遅めの昼食を摂《と》り終えて、ライラはぼんやりと敷物の上でくつろいでいた。

黒髪を隠す巻頭布《ヒジャブ》が、風に吹かれてさやかな音を立てる。背後の棗椰子《なつめやし》に立てかけたラバーブを弾こうか。それとも少し散歩でもしようか。

婚約の儀を終えてから、ライラの毎日は以前に増してゆったりと過ぎていく。本来は、正式に婚約を終えたあとでアーデルの居住部に引っ越すものらしいが、当の王子が連日忙しくて王宮に戻れない夜もあるため、今も奥の間で寝起きしている。

　敷物の上には見慣れてきた銀盆と何種類もの料理、糖分と水分をたっぷり含んだ果実がところ狭しと並べられていた。侍女たちはいつもライラに食事をたくさん食べさせたがる。ライラのためだけに準備された料理なのだから、もっと多くいただかなくてはと思いながら、もとより痩身《そうしん》で食の細い彼女にはいささか量が膨大だ。

　――アーデルさまは、今夜もお戻りにならないのかしら。

　婚約の儀を終えた夜は来賓たちと夜半をまわっても酒を酌み交わしていたし、その後は国内外の識者と会う約束をしているとかで、ほとんどアーデルの顔を見ていない。

　自分と違って王子という立場の彼が忙しいのはわかっていたが、それでもつい寂しくなってしまう。アーデルに会いたい。あのぬくもりに包まれたい。大きな手に触れたい。

　ライラはひとり、木陰で小さなため息を漏らした。

　そこに、王宮に訪れた客人と思《おぼ》しき黒衣の女性が侍女を引き連れてやってくる。広い中庭は、宮殿内を移動する際に横切ったほうが早く行き先に辿《たど》り着けることもあって、ときにこうして客人や王族が通り過ぎることがある。

　しかし、客人らしい女性とその侍女たちは、宮殿《ロウズ》の拱廊《きょうろう》ではなくライラに向かってまっすぐ歩いてきた。よく見れば、見覚えのある扁桃形の大きな瞳の美少女、サイーデフだと気づく。典雅でありながら嬌態《きょうたい》を感じさせるしなやかな腰つきは、覆長衣《アバヤ》で体の線を隠していてもわかるほどだ。同時に気の強さを示すようにきゅっと上がった目尻《めじり》の化粧が、いっそう彼女の女性らしさや美しさを強調している。

「まあ、こちらにおわすはアーデル殿下の婚約者さまではございませんの。宴の席では、直接ご挨拶《あいさつ》に伺えず失礼いたしました。私、都で貿易商をしているターヘルが娘のサイーデフと申します」

どこか高慢な物言いで、サイーデフが話しかけてきた。大きく豊かな胸に、肉付きの良い腰、袖口《そでぐち》から銀鎖の装飾品をきらめかせる彼女に、ライラは慎《つつ》ましやかに微笑《ほほえ》んだ。

「お名前はかねてより拝聴しておりました、サイーデフさま。ライラでございます」

遠慮がちな姿を見たサイーデフが、満足げに口角を上げる。ほくそ笑む姿すら艶《あで》やかで、同じ女性ながらライラは彼女に見蕩《みと》れてしまった。

「ねえ、ライラさま。せっかくこうしてお会いできたのですから、よければ少しお散歩でもいたしません？」

しゃらりと銀鎖を鳴らし、彼女はライラではなくその後ろに控える侍女に向かって話しかける。生まれながらの裕福な育ちで培ったのか、サイーデフは侍女たちの中から一目で長たる存在を見分けていた。

「いかがかしら。最近、殿下はご多忙のご様子で、ライラさまは退屈していらっしゃるようですもの。女同士、気兼ねないおしゃべりを楽しみたいだけ。籠《かご》の鳥のようにライラさまを閉じ込めることなんてできないわ。少しの間、中庭の向こう側で話してきてもいいわね？」

なんとも誇り高く、断られることなど露ほども想定していない口ぶりに、王宮で長年働く侍女も返す言葉に詰まってしまったようだ。

婚約前から変わらず、ライラは決してひとりにならぬよう、厳重な警備の中で暮らしている。アーデルとラヒムの言葉を借りれば、それはひとえにライラを守るためなのだそうだ。彼女さえいなければ、代わりに自分の娘を妹を従姉妹《いとこ》をアーデルの婚約者にできたものをと逆恨みする輩《やから》がいないとも限らない。それでなくとも赤蛇の事件以来、警備は強化されている。

――サイーデフさまは、わたしがひとりで出歩けないこともご存知なのね。アーデルさまがお忙しくて、あまりお戻りにならないことも知っていらっしゃるようだし、アーデルさまの妹姫に聞いているのかしら。

「サイーデフさま、わたくしどもでは判断いたしかねます。ライラさまには、必ず侍女が付き従うよう殿下がお定めになっておりますゆえ……」

言いにくそうな侍女の声に、サイーデフが被せるようにして口をひらく。

「あら、だったらライラさまがお決めになればいいと思わない？　殿下も、愛《いと》しの婚約者さまのお言葉ならお耳を貸すことでしょう。ねぇ、ライラさま？」

「え……？」

突然話の矛先を向けられて、ライラは困惑しながら背後の侍女を振り返った。彼女としても、ここで判断を迫られるのは職務上つらいものがあるのだろう。かといって、サイーデフの申し出を無下に断るのも無礼にあたる。

「あの……では、少しだけサイーデフさまとお話をしてきます。殿下には、必要があればのちほどわたしが説明しますので、どうぞ心配なさらないでください」

棗椰子《ナツル》に立てかけたラバーブを残して、ライラは履物に爪先《つまさき》を入れた。困り顔の侍女たちには申し訳ないが、アーデルの妹の友人であり、彼自身とも親交のあるサイーデフに失礼な態度はとれない。

「さ、参りましょう、ライラさま」

立ち上がったライラの腕をつかむと、サイーデフは早足で中庭の向こうへ歩き出した。侍女たちから距離を置いて白い石像の前まで来たとき、腕を絡めたままでサイーデフがにっこり微笑んでこちらを見る。

——もしかしたら、王宮で親しい相手もいないわたしを気遣ってくださったのかもしれないわ。サイーデフさま、お優しい方なのかも……。

だがライラの期待に反して、美しいサイーデフの唇からは辛辣《しんらつ》な言葉が投げつけられた。

「あなた、ご自分が本当に殿下とご結婚できるとお思いですの？」

麗しい笑みを浮かべたままでサイーデフが紡いだ言葉に、ライラは耳を疑う。今のは、何かの聞き間違いだろうか。即座に返答できずにいると、目の前の美少女はさらに重ねて毒を吐く。

「まあ、あなたを哀れむ気持ちもありますわ。殿下はお優しい方ですから、きっとあなたを誤解させているのでしょう」

「それは……どういう意味ですか？」

自分が託宣によって選ばれたことへの皮肉かと、ライラはそっと睫毛《まつげ》を伏せた。

サイーデフに比べればなんの後ろ盾もなく、まして砂漠の民らしからぬ容姿の自分は、アーデルに似つかわしくない。そんなこと、誰に言われずともライラ自身が痛感している。だが、託宣の結果を受け入れたのはアーデルだ。正式に婚約したからには、サイーデフの言葉を鵜呑《うの》みにすることはアーデルを侮辱することにもつながってしまう。

「あらあら、やっぱりご存知ないのですわね。本当に、ラヒムさまもアーデル殿下もお人が悪いわ。どこの生まれかもわからない娘を婚約者に仕立て上げて、生け贄《にえ》にしてしまおうというのですもの、ねぇ？」

――生け贄……？

想像していたのとは異なる話の流れに、ライラは驚いてサイーデフを食い入るように見つめる。そんなライラの姿に、サイーデフはいかにもといった表情で頷いた。

「でも、貧しく卑しい踊り子のあなたには、一時《いっとき》でも次期国王の婚約者になれただけで僥倖《ぎょうこう》というべきかしら？　うふふ」

美しいからこそ、その笑みが残忍に見える瞬間がある。ライラの青い目に映るサイーデフは、黒衣も相まって伝承の中の悪魔を思わせるほど艶美《えんび》な微笑みを浮かべていた。

「……サイーデフさま、生け贄というのはなんのことですか？」

「生け贄だなんて言ってはいけないんだったわ。たしか……、そう、寵託《シニャーガ》というのでしたわね」

聞きなれない単語を告げて、サイーデフはなおも話を続けた。

彼女の話によれば――。

ライラとアーデルの婚約を不審に思い、サイーデフは人を使って事実を確認したという。その結果、ふたりの婚約は驚くほど急だったにもかかわらず、結婚の準備は一切なされていない。さらに疑問を感じたサイーデフの耳に、ひとつの報告が入ってきた。

兆禍《ちょうか》と呼ばれる恐ろしい災厄の兆しが見受けられ、アーデルは神に捧げるための生け贄――寵託との婚約を余儀なくされたというのだ。

その寵託こそが、託宣によって選出されたライラであり、王族の婚約者として神に捧げられる彼女のために婚礼の準備をする必要は最初からない。だからこそ、無事に婚約の儀をこなしたアーデルは、早くもライラに近寄らなくなっているのだという。

「そんな……そんなこと……」

空はこんなに青いのに、なぜ目の前が真っ暗に感じるのだろうか。ライラの白磁の頬は青白く、今にも倒れてしまいそうな血色をしていた。

「信じたくないのもわかりますわ。だって、このままではあなた、遠くない未来に儚《はかな》くなってしまわれるんですものね。でも、殿下の婚約者だなんて胡座《あぐら》をかいていた罰とお思いになるしかありませんわよねぇ……？」

くすくすと楽しそうに笑うサイーデフの言葉を、理解したくないと脳が拒絶する。

信じたくない。信じられない。

ライラがふるふると首を横に振ったのを見ると、サイーデフは目尻をキッと吊《つ》り上げた。

「ねえ、いいこと？　あなたなんて、本当ならばこの王宮に足を踏み入れることも許されない立場なのよ。それなのに、かくも図々《ずうずう》しく殿下の婚約者を名乗って、挙げ句はせっかく真実を教えてあげた私にお礼のひとつもないだなんて。これだから育ちの悪い方は嫌ですわ」

蔑《さげす》まれるのは慣れている。ニハーヤ村で暮らした日々、村人たちはライラを奇異な目で見て、踊り子と遊び女の区別もつかずに罵《ののし》った。そんなことは、たいしたことではない。

だが、アーデルが自分を騙《だま》していたのだと――。

あの優しさも、あたたかさも、すべてが偽りだったのだと認めるには、ライラはあまりに彼を愛しすぎていた。

同じように愛を返してもらえるとまでは驕《おご》っていない。しかし、寄り添って長い時を過ごしていけば、いつかは彼の寵愛《ちょうあい》を受ける日もあるのではないかと夢見ていたのも事実だ。

そのすべてが、泡沫《うたかた》のごとく消え失せる。

愛することの喜びも、この胸に積もった想いも、すべてが否定されてしまう――。

「ち、違います。わたし……、寵託《シニャーガ》なんかじゃありません……！」

必死の思いで振り絞った声は、不様に震えて今にも泣き出しそうに聞こえる。ライラが反論したのが気に入らないのか、サイーデフはツンを顎《あご》をそらし、意地の悪い視線を向けてきた。

「そう。あくまで現実を受け止めないというの。だったら、殿下はあなたを抱いたはずね？　本当に愛しているのならば、殿方とはそういうもの。婚約前はしきたりという言い訳もあったかもしれないけれど、そのあとなら婚礼を挙げる前であってもかまわないと聞いているわ。――でも、もしあなたが神に捧げるための寵託だとしたら……うふふ、この先は言わなくてもわかるわよね」

絶望だけがライラの眼前に広がっていく。

婚約前は、あれほど情熱的に夜ごと淫《みだ》らな時間を過ごしていたアーデルが、今は寝所に来る日も少ない。たまに同衾《どうきん》しても、横になるやいなやすぐに寝息を立てている。ライラと話す時間も、そばで過ごす時間も不要だとばかりに、彼女を避けていると思えるほどだ。

「青ざめた顔もおぞましいのね。その白い肌、青い瞳、どこからどう見てもサフィールの民になんて見えないわ。こんな冴《さ》えない娘を仮初《かりそめ》とはいえそばに置かなくてはならなかった殿下がおかわいそう……」

すでにサイーデフは、取り繕った仮面をかぶる気すらなくしたらしい。ライラに対して言いたい放題の言葉からも、本当の意味で彼女がアーデルの婚約者ではないという確信があることが窺《うかが》える。そうでなければ、自国の王子の婚約者に対して、無礼な態度をとろうだなどと思う人間がいるはずもないのだから。

「それほど信じられないなら、あなたから迫ってみてはどうかしら？　――ああ、それと蛇にはじゅうぶん注意なさい。いつでも殿下が守ってくれると思っているなら大間違いよ。あなたごとき、いつだって簡単に排除することができるんですから……ね？」

怯《おび》えて立ち尽くすライラを覗《のぞ》きこむと、サイーデフは甲高い笑い声をあげた。絨毯の上を這《は》う蛇の気配に似た、ひどく寒気を覚える声が脳の中まで侵蝕《しんしょく》してくる。怖い。助けて。誰か、誰か……。

──アーデルさま……！

ライラは、石畳にくずおれるようにしゃがみこんだ。遠くで侍女たちがざわめくのが感じられる。

「まあ！　どうなさったの、ライラさま！　誰か、誰か来てくださいまし！　ライラさまが……！」

わざとらしく騒ぎ立てるサイーデフが、ライラの薄い肩に気遣うように手をのせた。しかし、細く手入れの行き届いた指先は、爪《つめ》を食い込ませてきつくライラの肩をつかむ。

その指が、爪が、無言で告げていた。

余計なことを言う権利すらおまえにはない、と──。

＊＊＊

やがて夜が訪れ、ライラはひとり孤独の中、寝所の窓際に座り込んでいた。

南天には、あの金色の星が見えない。永遠にアーデルのために生きようと誓ったのは、ほんの数日前だというのに。

──わたしは彼に望まれて王宮へ来た。だけどそれは、愛する女性としてではなく……

ただの寵託《シニャーガ》としてだった。

寵託という単語は知らなかったが、幼いころに旅の途中で似た伝承を聞いたことがある。

それによれば、神に生け贄として乙女を捧げる際には本来王族の娘を選ばなくてはならなかった。しかし、王族たちは自らの娘を差し出すのを拒み、困りかねた国王はサッタール神の使いである巨鳥に尋ねた。なんとかして、王族以外の娘でまかなうことはできないだろうか、と。

すると神の意思を告ぐ鳥は、庶民の娘を差し出す場合には託宣で選出すること、そして一度王族の妻ないし婚約者として、神の代理人たる王族が愛する女性を神に捧げるべしと答えたという。

記憶を辿り、その伝承に到達したとき、ライラはすべての因果がつながった一本の糸なのだと悟った。

託宣は婚約者を選ぶためではなく、寵託を選出するため。

あれほど急な婚約は、国を襲おうとしている災禍を止める寵託の準備をするため。

そして、アーデルが一度として自分を抱かなかったのも、行為の熱に浮かされながら愛を囁《ささや》くことがなかったのも、すべてがひとつの答えを導き出している。

今夜、アーデルは戻ってくるだろうか。もし彼が戻ってきたら、自分は今までどおりに振る舞えるだろうか。それとも、あの優しい人を問い詰めてしまうのだろうか——。

だが、確かめずともライラにはわかっていた。アーデルは自分を愛しているのではない。彼は王子として、国を守るための措置をとっただけのことだ。そしてライラも、彼の選んだ道や手段を責めるつもりなど毛頭ない。どんな理由があったとしても、きっと彼は寵託《シニャーガ》の少女を生け贄に差し出すと決断するまで、ひどく懊悩《おうのう》したに違いなかった。

——そう……。あの方は、とてもお優しい方だもの。ただの生け贄でしかないわたしの養父を婚約の宴に招いてくれるような、そんな慈愛に満ちた方なんだもの……。

だが、このままではライラは寵託として命を絶たれることになる。生涯を彼に捧げようと思っていたとはいえ、婚約者として死ぬのも同じと割り切ることはできない。

——だったらどうするの？　ここから逃げ出して、父さんとふたりで誰も知らない田舎の村で暮らすとでも言うの？

厳重に厳重を重ねた侍女と護衛兵の警備は、ライラを守るためではなくこの王宮から決して逃《のが》さぬためのものだった。そんなことにも今さら気づくだなんて、どうかしている。すべてが最初から、彼女の生命の終わりへと糸を紡ぐ糸車だったのだ。

しかし、何もかもを知ったとしても、ライラは怒ることも憎むことも恨むこともなかった。ただ、悲しみだけが胸のうちに広がっていく。どれほど愛しても、同じ愛情をちょうだいすることはできないのだという絶望が、はらはらと涙になって滴り落ちる。

逃げることなどできないと、心のどこかでライラは知っていた。

警備のせいなどではなく、自分が逃げ出すことで多くの人々が苦しむことに耐えられない。苦しむどころか、数多《あまた》の生命が奪われるのかもしれない。その中には、彼女の愛する養父や、アーデルも含まれる。

自分ひとりが生き延びて、誰かを苦しめるなんて耐えられない。だからといって死ぬのは怖い。痛い思いはしたくない。苦しいのも、悲しいのも、何もかも嫌でたまらない。だけど——。

窓辺に座り、声もなく涙を流しながら、ライラはたったひとりの名を何度も心の中で呼び続ける。

彼女を愛してなどくれはしない、慈悲深く優しい王子の名を——。

悲しみに泣き濡《ぬ》れる彼女の耳に、夜の帳《とばり》を縫う羽ばたきの音が聞こえてきた。誰にすがることもできず、ライラは顔を上げる。窓枠に羽を休め、黒い小さな瞳をまっすぐに彼女に向けていたシャフィークを見て、ライラは弱々しく微笑んだ。

「シャフィーク、来てくれたのね……。わたしが泣いているから？　あなたって、本当にわたしの気持ちがわかるみたい。だって、こんな夜にひとりぼっちなんて寂しいもの……」

甘く蕩《とろ》けるように烟《けぶ》る乳香《リバーン》も、忍冬《にんどう》文様の精緻《せいち》な絨毯も、何も変わらない。ここはいつもの寝所でしかないというのに、世界の色が消えていく。

——それでも変わらない存在はいてくれる。

ライラは右手をすっと伸ばして、極彩色の小鳥の美しい羽に指で触れた。

「そうね、変わらない。あなたもわたしも、そしてわたしの愛した人も……」

小鳥の目には、何が映っているのだろう。

無邪気な黒い瞳でライラを見つめるシャフィークは、チチ、チ、と小さく囀《さえず》ると、首を傾《かし》げる素振りで嘴《くちばし》を羽にもぐらせる。

ライラは涙を拭《ぬぐ》って、四角く区切られた窓の外の空に目を凝らした。

＊＊＊

——やはり、ほかに方法はないというのか。

陰鬱《いんうつ》な気持ちで王宮に戻ったアーデルは、疲れた体を水で清めてからライラの待つ寝所へ向かった。

婚約前は諦《あきら》めかけていた兆禍の対策を、またしても懸命に探るのはひとえにライラを失いたくないからこそだ。愛しい少女の命と引き換えの未来だなんて、ただの暗闇《くらやみ》にしか思えない。

廊下を歩いていくと、室内から小さく弦楽器の音にまぎれて歌声が響いてきた。この先に部屋を持つのはライラだけだ。つまり、この歌声は彼女の——。

居室の入り口に立ち、そっと中を覗いてみる。急に声をかければ、彼女は愛らしい歌声の囀りをやめてしまうかもしれない。もう少しだけ、その甘く愛しい声を聴いていたくて。

艶《つや》やかな黒髪を揺らし、ライラは窓に向かってラバーブを演奏していた。時折、鼻歌とも思える旋律を歌う声が耳に心地よい。

彼女を諦めるなんて、できるはずがないではないか。

アーデルは小さく深呼吸をしてから、頼りなげに儚く華奢《きゃしゃ》な背中に声をかけた。

「なるほど。我が婚約者どのは、踊りがうまいだけではなく音楽の才能もあると見えるな」

彼女が養父のイムラーンからラバーブを譲り受けたことは知っていたが、実際に演奏しているのを聴くのは初めてだ。ライラらしい愛らしくて優しい音色をもっと聴きたい。そう思いながら、アーデルは婚約者が振り返るのを待つ。

しかし、演奏する手を止めたライラは硬直したように肩をすくめ、いつまで待ってもこちらを見ようとしない。軽く声をかけたつもりが、言い方が悪かったのか。少々焦る気持ちが湧《わ》いてきて、アーデルはライラの座る窓際まで部屋を横切った。

「ライラ、どうかしたのか？」

近くでもう一度声をかけると、今度はゆっくりと彼女が顔を上げる。明かりのともった場所で顔を合わせるのは久しぶりだった。戻れないこともしばしばだったし、戻ってきても夜更けて空が白んでから寝台に転がり込む生活が続いていたから仕方ない。とはいえ、愛しい少女の顔をじっくりと見られないのはアーデルとしても寂しいものがある。

——だが、それもこれも彼女を守るためなのだから、今は我慢しなければならんな。

「おかえりなさいませ、殿下」

不自然な沈黙のあと、ライラは不器用な微笑みを浮かべる。当然、アーデルは気づいていた。昨晩までは名前で呼びかけてくれていた彼女が、またしても出会った当初と同じように殿下と呼んでいることに。

「ずいぶんすげないではないか。久々に起きているおまえに会えたというのに、なぜそんな顔をする？」

そっと肩に手を伸ばすと、彼女は緊張したように顎を引いた。以前ならば、そういった反応も初々しく思っていたが、今のライラはどこか違っている。ふたりで過ごした時間が消失したような錯覚に、アーデルは歯噛《はが》みしたくなった。

何もかも、うまくいかない。

自分勝手に行動してきたつけがまわってきているのだとわかっていても、やっとライラの顔を見られたのだから、今くらいは嬉《うれ》しそうな笑顔でいてもらいたかった。

「……それとも、俺に会えなくて寂しかったから拗《す》ねているのだと思ってもいいのか？」

意地悪くそう尋ねると、ライラはかぁっと頬を染めて困ったように眉尻《まゆじり》を下げる。

「え……っ!?」

――そうだ。その顔だ。

照れているライラはこの上なく愛らしい。

「おまえが違うと言う前に、その唇をふさがせてもらうがな」

絨毯の上に跪《ひざまず》き、アーデルは強引に赤い唇に自分の唇を重ねあわせた。ライラの唇はしっとりとやわらかく、わずかに拒むように閉じられていた。間《あわい》を舌で繰り返しなぞると、せつなげな吐息を漏らして隙間《すきま》ができる。そこにすべりこむようにして、彼は舌を挿《さ》し入れた。

「……ん……ふ……」

鼻から抜ける甘い声。わななく指先が、戸惑いながらもアーデルの長繋服《ディスダーシャ》にすがりつく。愛しくてたまらない少女の唇を吸って、彼は恍惚《こうこつ》の白い光を感じながら目を閉じた。

強張《こわば》っていた体から、次第に力が抜けていく。それを待って、彼女を抱き寄せる。ほっそりとしていながら、触れれば女性らしいやわらかさを感じさせる体軀《たいく》がたまらなくて。かわいい、愛らしい、いとおしい――。いくつの言葉を並べても、彼女への想いを表すことはできそうになかった。

――愛してる。

口に出せない心をくちづけに込めて、アーデルは何度も何度も角度を変えては接吻《せっぷん》を繰り返す。

今の自分には、彼女への愛を語る権利がないとアーデルは強く心に蓋《ふた》を閉めていた。その身を強引にあばき、淫らな行為で縛りつけ、鳥かごの小鳥のように王宮に軟禁し、あまつさえ寵託《シニャーガ》として神に捧げようとしているのだ。ほかなる道を探っているとはいえ、まだ策は定まらない。こんな状態で、彼女に愛を告げるなど許されないことだ。

事態を収拾した暁には、彼女のすべてを貰《もら》い受ける。それだけを心に決めて、アーデルは奔走していた。

幸い、婚約は受け入れてくれているらしく、ライラは王宮での生活に馴染《なじ》んできている。手の届くところにさえいてくれれば、あとは時間をかけて愛を伝えることも不可能ではない。

「……おまえの唇は、どれだけくちづけても足りぬと思わせるほど甘いな」

やっとくちづけを終えて、絶え間なく続いた接吻に腫《は》れた唇を解放すると、ライラはしどけなく寄りかかってきた。素直な彼女は、与えられる快楽に抵抗することを知らない。こうしてくちづけに酔いしれ、自分にすがりつく姿はたまらなく心を震わせる。

「殿下、あの、わたし……」

浅い呼吸の下、ライラが小さな声で何かを言いかけた。しかし彼女はその続きを言えないまま、アーデルの胸に顔を埋めてしまう。黒髪の隙間に覗く、やけに白く艶《なま》めかしい項《うなじ》が、彼の欲望を手招きして見えた。

やわらかな肌に唇をつけ、指先と舌でぞんぶんに堪能したい気持ちはたしかにある。だが、そればかりが愛ではない。先刻、彼女の演奏していたラバーブや歌声をもっと聴きたかった。疲れた体に沁《し》み入る、慈愛の音色に身を委ねたくなる。

「ライラ、よければラバーブを演奏してくれないか？」

「……ラバーブを……？」

涙で潤んだ青い瞳が彼を見上げた。

ゆっくり頷いて見せると、彼女は何かを考えるように口元に指をあて、それから体を起こす。

弓を手にして、ライラがラバーブの胴体から突き出る脚棒を膝《ひざ》の上に置いた。床から垂直に立てた長い棹《さお》に指をすべらせると、彼女は軽く目を閉じる。何かを探るように指先で弦をなぞったあと、動物の皮を張った丸みを帯びた共鳴胴に弓を向けて――。

音楽が始まると、アーデルは彼女の繊細な指使いから目を離せなくなった。華奢な左手は熟練の奏者を思わせる慣れた手つきで弦を押さえる。弓を握る右手はなめらかに宙を躍り、擦弦によって発するひとつひとつの音が旋律を紡いでいく。

なんと美しい音色だろう。

彼女の養父も国一番と評される奏者だが、それに優《まさ》るとも劣らない澄んだ弦音が寝所を満たして窓から空へと溶けていく。

普段のライラから見える健気《けなげ》さや優しさ、愛らしさもその音には感じられるが、根底にはもっと強い情熱や意思が垣間《かいま》見える。細い体に似つかわしくない、なんたる堂々とした音色。

最後の一音が余韻を残して消えたとき、アーデルは心からの喝采《かっさい》を送った。

「おまえは踊り子だが、ラバーブもこんなに見事な腕前だったのか。心を包み込むような澄んだ音色、すばらしい演奏だった。何か褒美をとらせたい。ほしいものはあるか？」

本音を言えば、褒美云々《うんぬん》よりも今すぐ彼女を抱きしめたい。稀有《けう》な音色を奏でた指にくちづけて、その身のうちにひそむ情熱を引き出し、かなうならば彼女を奏でたいと願うほどだ。

しかし、ライラはいたく寂しげなか弱い笑みを浮かべ、長い髪を揺らして首を横に振る。

「いえ、何も……」

「そう言うな。俺が味わった感動ほどではなくとも、おまえを喜ばせたい。婚約者なのだから、そのくらい許されるだろう？」

婚約者として彼女を喜ばせる権利を主張すると、ライラは困ったように首を傾げた。欲のない彼女のほしがるものはなんだろうか。養父に面会に行きたいと言うか、それとも少女らしく新しい装飾品を求めたりするのだろうか。

彼女の返事を想像するアーデルの翡翠《ひすい》の瞳に、ライラがふっと表情をかげらせるのが見えた。

――俺の知らないところで、何か彼女を悩ませる事態があったのかもしれない。

今夜、寝所を訪れてからというもの、ライラの様子はいささかおかしいと気づいていたが、後ろめたい気持ちがあるのも手伝ってアーデルは現実から目をそらしていた。

そんな彼を前に、ライラは意を決したように静かな瞳を向ける。

艶やかな黒髪が薄衣でできたきらびやかな装束の肩にしどけなくこぼれ落ち、青い瞳は凪《な》いだ海を思わせる静謐《せいひつ》を宿していた。決して気の強いほうではない。いつも相手を気遣って、遠慮してばかりのライラが、それまで見たこともないほど凛《りん》とした眼差《まなざ》しでアーデルを見つめる。

「殿下、わたしは今とても幸せです。ですから、ほしいものは何もないのです。ただ、ひとつだけお願いを聞いていただけるのであれば……」

アーデルの胸に不安の波が押し寄せた。何もほしいものなどない。だから、この王宮から出してほしいと——もしや彼女は自分から遠く離れていこうとしているのでは……。

彼女の言葉を遮って、駄目だと言ってしまいたかった。手放すことなどできるわけがない。これほど誰かを愛したのは初めてで、自分の感情にさえ戸惑っているというのに、想いを告げるより先にライラが手の届かないところへ行ってしまうなど考えたくもなかった。

寵託《シニャーガ》としての彼女を失うのが恐ろしいのではなく、愛する女性に去られる不安に怯えて、アーデルは唇を強く引き結んだ。

彼女の答えを待とう。まずはそれからだ。

もしもライラがアーデルの恐れている言葉を口にするならば、何もかもを投げ出してその体を奪ってしまえばいい。決して離れられないよう、楔《くさび》を打って閉じ込めて——。

「教えていただきとうございます。わたしはいつ、神にこの身を捧げればよいのでしょうか……？」

だが、アーデルの耳に響いたのは、思いもよらない言葉だった。

「おまえ……、それを誰から聞いた⁉」

取り繕うことも忘れて、彼はライラの薄い肩を両手でつかむ。一瞬、痛みに顔を歪《ゆが》めた彼女はすぐに平静を取り戻すと、曇りのない瞳でアーデルを見上げた。

「どなたから聞いたのだとしても同じです。どうぞ、お教えくださいませ。あとどれくらいの時間がわたしには残されているのでしょう」

「……っ……」

ぎり、と奥歯を噛みしめる。

激情に胸を灼《や》かれ、恋にうつつを抜かし、現実を見ていなかったのは自分だけだと思い知ってなお、アーデルは本当のことを告げたくはなかった。

寝所にたゆたう乳香《リバーン》を焚《た》く煙が、彼女の思考を奪えば良かったのだ。そうすれば、悲しませずにすべてを片付けることもできたかもしれない。そもそもアーデルは、彼女が知らぬうちに、寵託《シニャーガ》を捧げる以外の方法を見つけ出そうとしていたのだ。

物静かな婚約者は、目をそらさずにアーデルを見つめている。覚悟を決めた穏やかな表情が、いっそう彼の心を締めつけた。

これ以上、偽れない。

彼女を騙しぬくつもりだった。彼女を守っているつもりだった。彼女は小さくてか弱くて、自分が盾になっていこうと誓っていたはずだった。

だが、そのすべてが間違っていた。

「わかった。最初から話すこととしよう」

アーデルはゆっくりと息を吐いて、重い口をひらいた。この計画の始まりから、当初の予定の終わりまで、そして今、彼が結末を覆そうと躍起になっている事実さえも包み隠さず話すしかない。

「あの日、ニハーヤ村でおまえと出会ったのは本当に偶然だった。あのときの俺は、国に降りかかる災禍を退けるための方法を探し、隣国やその向こうまで何度も砂漠を渡っているところだった——」

サッタール神の加護を受けるサフィール王国において、太古の昔から繰り返された悲劇、その兆候となる兆禍と呼ばれる北空の金色の星、晴天続きで水が枯渇するのを防ぐため、過去の文献から寵託《シニャーガ》という存在を知り、国を救うための最後の手段として神鳥を呼び出す生け贄を捧げようとしていること。

順番に話す間、ライラは取り乱すこともなく真剣な表情で何度も頷いていた。

「寵託の儀は、二日後の早朝。儀式の前一日、寵託は神殿で身を清め、世俗を絶って過ごすことになっている」

そこまで話し終えたとき、ライラの白い頬が青ざめた。無論、アーデルとしては彼女を神に捧げるつもりはない。残された時間で、何かほかの手段を見つけ出す。見つからないかもしれないなどと考えるのはやめた。見つけなければならないのだ。なんとしても、彼女と生きていくために。

その意思を告げるより先に、ライラは青白い頬のまま静かに窓の外に顔を向けた。

「寵託を捧げることで、この国と民を——殿下の未来を守ることができるのですね」

彼女の横顔を見つめて、アーデルは息を吞《の》む。砂漠の民らしからぬ白い肌も、青く澄んだ瞳も、少女らしく愛らしい赤い唇も、何もかもが彼の知るライラだというのに、その表情だけがやけに大人びて見えた。

「ああ……。いや、そうではなくだな、俺はほかの方法を……」

なぜ自分が狼狽《ろうばい》しているのか、アーデルにもわからない。あるいは、さやかな星明かりの下でライラがひどく美しく見えるせいか。大きな瞳に残る幼さは鳴りを潜め、神々しいまでの寧静な眼差しがゆっくりと彼を射抜く。

託宣によって選ばれた少女は、自らの運命を直視したことで、本当の意味での寵託《シニャーガ》になってしまった。理由も根拠も関係ない。アーデルはただ、それを肌で感じていた。

「殿下、教えてくださってありがとうございます」

細く華奢な指先が、こぼれた黒髪を払う。

彼女が遠い存在になってしまう気がして、アーデルは乱暴なほど強く、その手をつかんだ。

「そうではない！　そうではないのだ、ライラ。俺は……、おまえを手放したくない。そのために、必ず兆禍を無効にする方法を見つける。だから……」

自分でも笑いたくなるほど、不様な物言いだった。彼女を動揺させまいと秘めていた事実のはずが、涙ひとつこぼさずに事態を受け入れたライラを前にしてうろたえているのはアーデルのほうだ。

「そうおっしゃっていただけただけで、わたしは幸せです。もう、どうぞご無理はおやめください。毎日、夜遅くまで調べてくださっていたのでしょう？　このままでは、殿下が倒れてしまいます」

なぜ、彼女は笑っているのだろう。

アーデルは目の前の光景が信じられず、言葉を失っていた。

二日後には国のために死ねと言われて、彼女は運命を呪《のろ》うこともなければ、寵託《シニャーガ》として連れてきたアーデルやラヒムを恨むこともなく、穏やかな笑みを浮かべる。たったひとつしかない人生を奪われるとわかっていて、それでも他者を気遣うなどライラ以外の誰にできるというのか。

「おまえは、もはやただの寵託ではない。少なくとも俺にはそう思えないのだ。託宣など関係なく、俺は心からおまえを……」

つかんだ手を引き寄せる。ライラは拒むことなく、アーデルの腕に包まれてその身を任せた。

「もう何も言わないでください、殿下……」

「なぜだ！　おまえは寵託である前に、俺の婚約者なのだぞ」

「いいえ。わたしは寵託です。婚約は形式ばかりのもので、殿下はわたしが消えたあとに正式なお后《きさき》をお迎えになるのです。それでも、ほんの短い間でも、あなたの婚約者でいられたことが……わたしは……」

——幸せでした。

まだ終わっていない物語を、彼女は過去形で語る。結末を書き換えようと奔走するアーデルに、もう頑張らなくていいと優しく微笑み、幕を下ろそうとしている。

強く、清く、美しい女。

少女のようでありながら、そのうちに聖なる心を持つ神の捧げ物。ラヒムの託宣は、ライラの心根までも見抜いていた。なぜ彼女が寵託《シニャーガ》なのかと、アーデルは何度も繰り返し答えの出ない問いを空に投げかけた。しかし、今ならばわかる。彼女こそが寵託であり、ほかの誰にも務まらない役目を担った運命の少女だった。

「俺の婚約者は、おまえひとりだ。わかっているのか？　婚約者というのは、結婚の約束をした相手ということだぞ。この俺に、神前での誓いを破らせようというのか？」

彼女をさらって、王宮に閉じ込めた自分が言うにはあまりに身勝手な言葉と知っていて、それでもアーデルは形式ばかりの婚約にすがるしかなくなっていた。

泣いて拒んでくれれば——。

死にたくない、助けて、と彼女が抱きついてくれたならば、何があっても彼女を守る大義が手に入った。だが、腕の中の彼女は絡んだ因果の糸をほどくことも望まず、ひたすらにすべてを受け入れようとしている。

「――今宵《こよい》がふたりで過ごせる最後の夜だというのならばなおのこと、どうぞ何もおっしゃらずに……。わたしは喜んで、殿下の守る国の礎《いしずえ》になりましょう」

国よりも民よりも、おまえだけを愛している――。

その想いさえ、口にすることを禁じてライラが彼の胸に頬をすり寄せた。

彼女が望もうが望むまいが、神殿にこもるより先に連れ去ってしまう準備も整えてある。儀式の準備を一手に引き受けてくれているラヒムは怒るだろうが、愛する女の命には替えられない。

「……もう名前で呼んでくれないのだな」

アーデルは、逞《たくま》しい腕に婚約者を抱いて、強く強く抱きすくめた。

神が彼の腕からライラを奪っていかないよう、決して誰の手にも触れられないよう、祈る気持ちで細い体を包み込む。それに応えて、ライラも両腕を彼の背に回した。

「おまえがどう思おうとかまわない。俺は、俺の信じる道を進む。最後の瞬間まで、どれほど不様で愚鈍と思われようと、俺はほかの方法を探すだろう。そして、おまえを……」

おまえの未来を、この腕に――。

ふたりは、寝台に移動することもなく絨毯の上で抱き合って眠った。

このまま魂がひとつに重なればいいと祈りながら、かなわない夢を胸にせつない夜が過ぎていく。

　あの日、初めて彼女と会ったときには、因果の歯車はすでに回りはじめていたのだろうか。それを止めることが、人間の手でできるものだろうか。彼女を失ったあと、自分はどうして生きていけるだろうか……。

　ライラには決して明かすことのできない不安を胸中に秘めて、アーデルは黒髪に顔を埋めた。彼女の体は小さくやわらかで、少し力を込めるだけで壊れてしまいそうだというのに、その心に宿る強さは計り知れない。

　――だから、おまえを好きになったというわけでもないのだがな。

　ライラは今夜を最後の夜と言った。

　ならば、そのとおりにしてやろう。この寝所で過ごす夜は今宵が最後。次にふたりで朝を迎えるときは、アーデルが長らく暮らしている部屋で、花嫁としてのライラを腕に抱いて――。

＊＊＊

　中央宮殿の尖塔《マナール》のほど近くに、サッタール神を祀《まつ》った神殿がある。王族の婚礼や葬送の儀式を執り行う礼拝堂の脇《わき》を奥へ進むと、小さな小さな奥庭が広がっている。四方を高い壁に囲まれた奥庭を突っ切ったさらに先に、清穢《せいあい》の間と呼ばれる部屋があることは、宮殿に務める侍女たちにもあまり知られていない。

神官のみ立ち入りを許されたその一角は、王宮内のほかの間取りと異なり、紗織布《さおりぬの》を下げた入り口や豪奢《ごうしゃ》な絨毯も見当たらなかった。

「明朝、迎えが来るまで決して口をひらいてはなりません」

清めの泉で水浴びを終えたライラは、白装束を着せられて簡素な木の扉の前に立つ。これから一昼夜を、この清穢の間でたったひとり過ごさなくてはならない。寵託《シニャーガ》の儀を行うにあたり、古い文献から手順を調べたラヒムが、背後に左右一名ずつ神官を率いてライラの瞳を覗きこむ。

もとより占者の資質を汲《く》む家系は、神職に就いていることが多い。ラヒムも同様らしく、代々に亘《わた》って王宮占者を務めてきた彼の一族に生まれた者は神官としての勉強もするのだ――と、水浴び前に儀式の説明を受ける際、教えられた。

「ライラ、あなたの勇気と愛に私たちは皆、心より敬意を払います」

神官のひとりが木扉をあける。中は天井近く高い位置に窓がひとつと、寝台代わりの布が一枚あるだけの殺風景な部屋だった。しかも、唯一の窓には外から暗幕が張られている。それどころか、扉には外からかける錠前があり、窓には金属の格子がはめられていた。

清穢の間に入った者は、自分の意思で外に出られない。覚悟はできていたが、目の当たりにした光景に、ライラの背筋は冷たくなる。

「返事ができないのは存じておりますが、どうぞこれだけは言わせてください」

ラヒムに話しかけられても、ライラはもう受け答えをすることができない。身を清めたあとは、儀式まで声を発してはいけないときつく言われていた。

長い茶髪を一括りにし、右肩に垂らした占者を見上げてライラは無言で頷く。

「イムラーンの病が回復し、彼がまたラバーブ奏者に戻った暁には、私が彼を実の父と同じように敬《うやま》うことを誓います。この命尽きるまで、あなたに代わってイムラーンの手助けをさせていただく所存です」

賢いラヒムは余計な言葉を付け足したりはしない。必要以上に感傷的になることを避け、ライラがもっとも知りたい情報だけを与えてくれる。今の彼女には、それが何よりありがたかった。

礼を言いたくとも、口をひらくことは禁じられている。ライラは数秒考えてから、寵《シニャ》託《ーガ》のために準備された白装束の裾《すそ》を軽く揺らして、左足を半歩後ろに引いて右手を左肩にあてた。踊り子時代に培った、優美な仕草で唇を閉じたまま目を細める。

ふたりの神官とラヒムは、彼女が室内に入るのを見届けると木扉に外から施錠をした。

室内には明かりもなく、しんと静まり返った暗闇が密集している。

ライラは、床に置かれた布に腰を下ろすと両腕で自分の膝を抱いて目を閉じた。

恐れることは何もない。

愛する人のために生きて死ぬ。誰もがそれを神に誓い、生涯をかけて実践する。自分にとっては、その時間が少々短いだけのことだ。

昨晩、アーデルは今まで見たこともないほど悲しげな瞳でライラを見つめていた。誰よりも凛々《りり》しく、常に前を見据えている彼にあんな顔をさせたくはなかった。どこの生まれとも知れない、身寄りもない娘の命ひとつで済むならそれでいいのだ。決してそうは言わない人だからこそ、ライラは彼を心から愛したのかもしれない。

たとえば雨が彼を濡らす日には、そっと冷たい髪を拭いてあげたかった。

それとも疲れて帰ってきた夜には、薬草をたっぷり煎《せん》じた茶を準備してあげたかった。

あるいは――。

彼が笑うなら隣で笑い、彼が泣くのならその涙を隠す布となり、彼が生きていくのを誰よりそばで見守っていたかった。

けれど、そのどれもかなわないのならば、せめて優しい雨になりたい。閉じた瞼《まぶた》の裏側に、初めて会った日のアーデルが笑う。その笑顔を見ているだけで、ライラはじゅうぶんだと思った。

彼の守る国に雨を。美しい自然を。豊かな実りを。明るい未来を――。

本当は怖い。命を落とすのは痛いだろうか。苦しいだろうか。しかし水不足にあえぐ人々が自分の命ひとつで救われる。

——いいえ、違うわ。わたしは聖人君子ではない。見知らぬ誰かのために命を捧げるのではなくて、ただ愛する人の笑顔のため……。

それがどれほど利己的な自己満足かなど、ライラ自身が誰よりも知っている。養い育ててくれたイムラーンを置いて、友人のナシームに挨拶《あいさつ》のひとつもなく、愛するアーデルのためだけにこの身を差し出すのだ。

けれど、彼女の決意は揺らがない。時間だけが刻一刻と過ぎていく。

暗幕を張られ、陽射しを遮られた室内でも、薄闇に目が慣れてくると自分の手の輪郭が見えるようになった。しかし、どのくらいの時間が経《た》ったのかはわからない。今はまだ昼過ぎなのか、それとも夜が訪れたのか。

心静かに愛する人のことだけを思って過ごした時間は、とてつもなく長くも感じたし、一瞬のようにも思えた。

同じ姿勢で座っていたせいか、体の節々が軋《きし》むような痛みを訴える。ライラはゆっくりと立ち上がると、寵託《シニャーガ》のためにあつらえられた白装束の裾を払った。

婚約衣装の採寸をもとに、儀式のための衣服は作られたという。あれほど見事な婚約の正装を縫うだけではなく、職人たちは神に身を捧げるための衣も準備してくれていたのだ。

——きっと、大変だったでしょうに……。

それこそ寝る間も惜しんで働いただろう職人たちを思うと、ライラは申し訳ない気持ちになった。

同時に、サイーデフが情報を入手した経路も察しがついて、心のわだかまりがひとつ消える。

ラヒムとアーデルしか知らなかったうちは、寵託《シニャーガ》としてのライラの役目も人々の口端に上ることはなかったはずだ。それが漏れていたとなれば、王宮内に間諜《かんちょう》がいる危険性が高くなる。しかし、縫い子たちも儀式が行われると知っているなら話は別だ。詳細は知らずとも、何かを感じとっていた者はいるだろう。そこから情報を引き出し、いくつもの欠片《かけら》をつなぎあわせれば歴史に明るい人物ならば、寵託の儀を執り行うための計画に気がつくというものだ。王室に不似合いな婚約者を急ぎ迎え入れたこともあわせれば、察するのは難《かた》くない。

凝り固まった体をほぐそうと、ライラは両手を天井に伸ばしてゆっくり息を吸う。どこからともなく薔薇《ワルド》の香りがかすかに鼻をついた。と、そのとき——。

「ライラ、中にいるな？　もし窓の近くにいるなら、離れてくれ」

聞こえるはずのない声が、彼女の名前を呼ぶ。薔薇《ワルド》の香りをまとう、優美で気高いその人が、暗幕越しに窓の向こうに立っているのが気配でわかった。

ライラは驚愕《きょうがく》に目を瞠《みは》る。朝が来るまで、清穢の間には誰も来ないはずだった。いや、誰が来たところで彼女は自分の使命をまっとうしなくてはならない。

ふたりきりの時間は、昨晩すべて使い果たしたというのに――。

「…………」

来てはいけません、と言いたい気持ちをぐっとこらえる。儀式のため、声を発してはいけないと言われているのだ。ここでアーデルに話しかけては、せっかくの準備が無駄になってしまうかもしれない。誰にばれずとも神は知っている。儀式そのものが失敗してしまう可能性も考えると、ライラは決して声を出すわけにはいかなかった。

彼女の沈黙を無視して、ゆっくりと暗幕がめくられる。外はとっぷりと夜闇《やあん》に覆われ、顔を出したアーデルの白い被頭布《ゴトラ》の向こうに星が瞬《また》いていた。

「ライラ！　待っていろ。今、ここを……」

手提げ式の照明を顔の高さまで上げて、中を確認したアーデルが窓枠にはまった格子に手をかける。金属の格子を、素手でどうこうできるとは思えずに見守っていると、いとも容易《たやす》く中央の一本がはずれてしまった。

――どういうこと……？

困惑する彼女をよそに、アーデルは隣り合う格子を要領よくはずして、窓枠を軽々と乗り越える。床に足をつけると、彼はライラに向かって両腕を広げた。

「待たせてしまったな。もう大丈夫だ。ライラ、俺と逃げよう」

その言葉に、ライラはかすかな期待を抱いた自分を恥じる。彼がここに忍んでやってきた時点で、寵託《シニャーガ》を捧げる以外の方法が見つからなかったと気づいて良かったのに。

迎えに来たでもなく、すべて解決したでもなく、アーデルは逃げようと言った。それから察するに、彼の持てる力のすべてを尽くしても、ほかの方法で贖《あがな》うことは不可能だと判明したのだろう。だからこそ彼女の命を救うため、ひとまず逃げることを選択したということだ。

生き延びて、彼と幸せになる道が見つかったのではないかと思ってしまった。須臾《しゅゆ》に満たないほどの期待と絶望を味わって、彼女は一歩後ろに下がる。

——逃げることはできない。わたしが逃げれば、兆禍はどうなってしまうかわからないもの。雨が降らなければ、多くの人々が苦しむのだから……。

彼と行くことはできない。

言葉を交わすこともしてはならない。

それを知っていても、こうして会いに来てくれたアーデルが愛しくて胸がぎゅっと締めつけられる。だが、そばにいればいるほどに、別れはつらく悲しいことも知らないわけではないのだ。自分の死で国を救うことをよしとしない彼だからこそ、こうしてライラを逃がそうとしてくれている。彼の優しさを痛感するたび、愛情が喉元《のどもと》までこみあげてくる。

愛していると、たった一言《ひとこと》を伝えぬままライラは寵託《シニャーガ》として身を捧げることを選んだ。生け贄の少女に愛を語られたところで、彼を苦しめるのは目に見えていたゆえのことだ。

わかっていても愛しい人の姿を前に、ライラはこみあげる涙を隠しきれなかった。部屋が暗くて良かった。嗚咽《おえつ》を漏らしたり、しゃくりあげたりしなければ気づかれずにやりすごすことができそうだ。

「驚かせてしまったか？　この部屋は、幼いころ俺の秘密の隠れ場だった。息が詰まるたび、格子をはずして忍び込んだものだ」

こんな場面でなければ、幼い日の思い出を語るアーデルに、もっとそのころのことを教えてほしいとねだったかもしれない。彼のことならばなんでも知りたいと思う。その唇から紡がれる思い出を共有したいと願う。だが、今はそうすべきときではない。

「とはいえ、宮殿内の整備もまだまだだな。普段は使わぬ場所こそ、何が起こるかわからないのだから、格子の具合も確認しておかなくてはならない。――まあ、今だけは誰も清穢の間の窓に気を配っていなかったことを感謝するが」

少年のように笑って、アーデルが長繋服《ディスダーシャ》の裾をぱんと払った。次の瞬間、顔を上げた彼はもう笑ってなどおらず、それどころか真摯《しんし》な眼差しに心が痛くなる。

「……おまえを勝手に王宮に連れてきて、今になって逃げようと言う俺を虫がいいと思うか。だが、それでもいい。おまえさえいてくれるなら、俺は神に剣を向けることも厭《いと》わない」

手提げ式の明かりを床に置くと、アーデルが静かに語りはじめた。神と契約を交わした王族の、それも次の王となるべき彼らしからぬ言葉にライラは息を呑む。

金の王子《ダハブ》と呼ばれる、先祖返りの金の髪が薄明かりに揺れている。口伝に聞く建国の王は金色の髪の青年だったという。サフィール王国が水に恵まれ、人々が豊かな暮らしを享受できるのはかつての王とサッタール神のおかげだというのに――。

わななく唇が、彼の名を呼びたいと訴える。神に背いてまでも自分を救おうとしてくれるアーデルに抱きついて、愛していると伝えたくなってしまう。その想いを、ライラは必死で噛み殺そうとした。

「おまえを神にわたすなどできるものか。この俺の愛する女を奪うなど、サッタール神とてさせはしない！」

激昂《げっこう》とは違う芯《しん》からの強さで、アーデルがはっきりと言い放つ。耳を疑う言葉に、何度も瞬《まばた》きを繰り返したが、これは夢ではない。現実だ。

――愛する女……？　殿下もわたしを、想ってくださっているというの……？

今まで一度として、彼がライラに愛の言葉を囁いたことはない。婚約前も婚約後も、最後の夜でさえ、彼はそんなことは言わなかったではないか。何より自分では、王となるアーデルの后に相応《ふさわ》しくなどないのに、寵託《シニャーガ》となる身だから形式上の婚約を交わしたまでのことだ。

これが夢幻《ゆめまぼろし》ならば、彼の胸に抱きついて愛していると告白するものを、如何《いかん》せん現実にライラがその道を選ぶことはできない。

彼女を抱きしめようと伸ばされた両腕から身を捩《よじ》り、狭い室内を逃げようとするもアーデルはそれを許さなかった。

壁際に追い詰められ、ライラは短く息を呑む。翡翠の瞳がまっすぐに彼女を射抜いていた。決意を宿した美しい目を前に、彼女の背中は白壁に当たり、もう逃げ場はない。

アーデルはライラの顔の両脇に肘《ひじ》をつき、今にも額が触れそうな距離で囁いた。

「俺を拒むのなら、今ここでおまえを抱く。その純潔さえ奪えば、寵託の資格はなくなるのだから……」

薄衣の上から、大きな手がやんわりと胸に触れる。彼の思うままにさせてはいけないと知っていても、初めて想いが通じた喜びにライラはどうしていいかわからなくなってしまいそうだった。

なぜ、愛する人の手を拒まなければいけないのだろう。

彼に触れたい。彼に触れられたい。

その腕に抱きしめられ、熱いくちづけに心を溶かされて、何もかもわからなくなってしまいたい。甘やかな誘惑がライラの胸に充溢《じゅういつ》していく。

──流されてしまったら楽になれるのかしら。ううん、そんなわけない。きっと後悔させてしまう。彼はこの国の王子ですもの……。

涙目で唇を噛み、彼女は両手でアーデルの手をつかんだ。やめてと言うこともできなければ、愛していると囁くこともできない。

しなやかな筋肉を手のひらに感じながら、その腕を振り払えずにライラはうつむいた。もしここにラバーブでもあれば、言葉がなくとも想いの丈を込めて音楽を奏でられる。だが、清穢の間は空《から》っぽでふたりの息遣いだけが空気を濃密にしている。

「ライラ……、そんな悲しい目をしないでくれ……」

掠《かす》れた声が耳朶《みみたぶ》を撫《な》でた。耳元に顔を近づけ、アーデルはゆっくりと彼女の体を抱きしめる。抱き合えば、こんなにも互いの体は馴染むのに、禁断の甘い果実を貪《むさぼ》るには遅すぎた。

何も知らずにいたら、彼に心も体も差し出した。その結果さえもアーデルに背負わせ、自分だけは平和な日々を過ごしたに違いない。それを思うと、彼だけに苦しみを負わせずに済んだ現状に感謝する。サイーデフは、ライラがアーデルと婚約したことを身分不相応と許せずに告げたのかもしれないけれど、そのおかげで立場をわきまえることもできた。因果の糸は、正しい場所で紡がれる。どれほど絡んで捩れようと、運命が違《たが》えられることはない。少なくとも人の手が為せる業《わざ》ではないのだから。

ぎゅっと抱きしめられ、背がしなった。重なる胸と胸から互いの心音が響き、愛しさに軋《きし》む心が痛むほど、ライラは自分のすべきことを再確認する。

誰が悪いわけではない。寵託《シニャーガ》を捧げる以外に道がないのは、ライラもうすうす察していた。諦めたくないと足掻《あが》くアーデルも、本当はどこかで知っていたはずだ。

広い背中に手をまわし、ライラは愛する人の胸に頬をすり寄せる。言葉を交わすこともままならないからこそ、指一本、吐息ひとつにも愛を込めて。

「どうして俺を責めないんだ。いっそ、泣いて責めてくれれば、無理やりにでもおまえを抱く覚悟で来たというのに……」

強く優しい王子は、悲壮な声を漏らした。

たった十日ほどの短い時間だったが、彼と過ごした時間のすべてがライラの背中を押している。アーデルの生きる未来を、彼の作る幸福な国を、この目で見ることができないのは寂しい。だが、それでいいと思う。最初から、ライラは彼に似つかわしくない自分を知っていた。

――何かひとつでも、アーデルさまのためにできることがある。神さまはわたしに、愛する人を守る力を授けてくださった。

顔を上げたアーデルが、薄く涙の浮かんだ翡翠の瞳でライラを見つめている。神をも恐れない偉大な王子の頰に、不敬とわかっていながら彼女はそっと指を這わせた。

「……ライラ……」

言葉などなくとも、心は通じると信じたかった。ひたすら彼だけを愛している。その想いが届くなら――。

浅黒い肌をなぞるライラの華奢な指先が、儚く震えていることに彼も気づいているだろう。怖くないはずがない。

すべからく彼女は愛のために生きるべきだと、自分の未来を確信している。

指先が唇のふちに触れた。何度、彼にくちづけられたか数えたことはなかった。最初の接吻は果実を挟《はさ》んで、甘い果汁に濡れた夜のこと。

ならば、最後のくちづけは――。

爪先立って、ライラは赤い唇を押しつけた。涙味の唇を、どうか忘れてほしいと願うのはおこがましいことだ。彼女がどう思おうと、きっと彼はいつまでもライラに固執したりしない。いずれサフィール王国を率いて、多くの民から愛される王となり、そのころアーデルの隣には彼に似合いの后が並ぶ。

――ほかの誰かに笑いかけるあなたを見なくて済むのは、少しだけありがたいんです

よ、殿下……。

しっとりと重ねた唇を離すと、ライラは床に座り込んだ。それを追いかけてアーデルが膝をつく。そしてもう一度、さらにもう一度、唇を重ね、そのたびに心を重ねあわせる。はだけられた胸は彼の衣服に擦れて、せつなさと愛しさと悲しい記憶を呼び覚まし、最後のくちづけが終わるとアーデルがそっと乱れを整えてくれた。

「命を投げ出してまで、この国を救おうとしてくれる女はおまえだけだ。俺の后は、おまえしか考えられない。だから——俺は最後の瞬間まで足掻くことにしよう」

幾度挫《くじ》けても、彼は笑う。

今この瞬間が永遠となるなら、終焉《しゅうえん》を迎えるのもそう悪いことではない。青い瞳に焼きついた美しい王子と、薔薇《ワルド》の精悍《せいかん》な香りを感じて、ライラはただ微笑みを浮かべた。

頷くことも、首を振ることもできなかった。

忘れてと懇願することも、忘れないでとすがりつくことも許されていなかった。

だから最後は、笑顔を残して。

「俺の心はおまえのものだ。誰に誓う必要もない。一生涯、おまえだけに愛を捧げる」

立ち上がったアーデルが、髪をかきあげた。さやかな星明かりと、手提げ式の燭《しょく》に照らされて、華やかな金髪が揺れる。

「永遠に、この心はおまえのそばに」

両手で涙を拭っても、あとからあとからこぼれる透明の雫が彼女の喉元を濡らしていく。

この人を好きになって良かった。

彼に出会わせてくれた運命に、今、心から感謝する。たとえ明日の朝には尽きる命であろうとも、最期の瞬間まで彼だけを愛していられる幸福な人生――。

彼はやがて清穢の間を去り、暗幕に光を遮られた彼女の小さな世界に朝がやってくる。

神官が迎えに来て、木扉から外に出たライラは無言で空を見上げた。青く青く、どこまでも青く広がる空。不思議なことに、もう恐怖は完全に消え失《う》せていた。

遠く聞こえてくる小鳥の囀りも、石畳の間から顔を覗かせる愛らしい花も、頬を撫でるやわらかな風も、果てしなく続く永劫《えいごう》の未来も、何もかもが輝いて目が眩《くら》む。

愛する人を残していく世界は、ただ泣きたくなるほど美しかった。

第五章　恋贄《こいにえ》の花嫁は喘《あえ》ぎの夜に

拱廊《きょうろう》に囲まれた美しい宮殿には、大小合わせて七つの中庭がある。そのうちもっとも小さな庭が清穢《せいあい》の間の前の奥庭であり、もっとも大きな庭が白い石像の立つ場所だった。

早朝、まだ陽がのぼって間もない時間に清穢の間から外に出たライラは、儀式を行うためだけに開放された最奥の中庭へやってきていた。中庭とは名ばかりで、実際は建物に囲まれているわけでもなく、宮殿正面とは反対側に植えられた背の高い木々の先へと続く石階段を下りた神域だ。

昨日、水浴びの前にラヒムから説明されたとおり、そこには大きな泉が口をあけている。澄んだ水面からは想像もつかないほど、水底は深い。泉の先に砂漠の木々とは一線を画す常緑の巨木がそびえている。それこそが、神鳥の止まり木と呼ばれる神木だ。

なるほど、その大きさは神の使いである巨鳥に相応《ふさわ》しい。空に向かって枝を広げ、生い茂る緑葉はぞんぶんに太陽の光を浴びている。

ライラが階段を下り、楕円形《だえんけい》の神域に足を踏み入れたとき、そこには総勢十名ほどの正装した男性たちが立ち並んで彼女の到着を待っていた。誰しもが長繋服《ディスダーシャ》の上に精緻《せいち》な刺繍《しゅう》を施した外衣《ビシュト》をまとっている。おそらく国家の中枢にかかわる高貴な身分の人々なのだろう。

見知らぬ男性たちの中央にアーデルの姿を見かけて、ライラは心の中で小さく安堵《あんど》の息を漏らす。

今日の彼は、一見いつもと変わらない様子で落ち着いて見えた。金《ダハブ》の王子と呼ばれ、民からの信頼も厚いアーデルに、取り乱した姿は似合わない。彼にはいつだって堂々と光を背負って、凜《りん》と立っていてほしい。

今日この日のために準備された、純白に銀刺繡をあしらった装束をまとい、ライラは目を閉じる。足首には銀の鈴をつけ、場所さえ違えば高級な宴《うたげ》を彩る踊り子のようにも見えるだろう。二の腕からふわりと広がる紗織布《さおりぬの》の袖《そで》と、共布でできた巻頭布《ヒジャブ》を背に垂らすように巻いた姿を見て、集まっていた貴人たちが息を吞《の》む。普段は人前に出る際、サフィールの女性たちは髪をきっちりと巻頭布で隠す。しかし今日のライラは違う。透ける素材の薄衣をベールのように被り、艶《つや》やかな黒髪が背を流れるのはそのままにしていた。

立ち会う誰もが押し黙った中、ライラは一歩また一歩と泉に向かって歩き出す。静寂《しじま》に溶ける儚《はかな》い鈴の音《ね》が、歩くたびに空気を震わせた。

呼吸を止めて、皆がライラを見守る。

砂漠の民らしからぬ異端の容姿は、純白の寵託《シニャーガ》装束に身を包むと、まるで最初からその衣装を着るためだけに生まれてきたのではないかと思うほど美しく、儀式の立会として集まった一同はただ彼女に魅入るばかりだ。

兆禍《ちょうか》の危機迫る現実とはかけ離れた幻想的な美の化身が、泉を挟《はさ》んで神鳥の止まり木と対峙《たいじ》するとゆらりと景色が胡乱《うろん》になった。砂漠の蜃気楼《しんきろう》にも似た、遠近感のない幻のゆらめきに眩暈《めまい》を覚える。そして次の瞬間、その場に居合わせた全員が目を瞠《みは》った。

空に向かってそびえる巨木の天頂に、一羽の大きな鳥が止まっていた。羽ばたきの音も、鳴き声の予兆もなく、誰もがその鳥の到来に気づけずにいた。しかし、そこにはたしかに朱金の美しい翼を持つ、この世のものとは思えない神々しい鳥が存在する。

——なんて美しいのかしら……。

ライラは自分の命を捧《ささ》げる相手を前に、神域に来て初めて微笑《ほほえ》みを浮かべた。怖《おそ》れることは何もない。

しゃらりと鈴の音を響かせ、彼女は泉へと踏み出した。振り返ればアーデルの姿を最後に一目見ることもできると知っていて、あえて彼女は自分を律した。これ以上の想いは、彼の負担になるばかりなのだから——。

爪先《つまさき》が、今にも冷たい水に触れようとしたそのとき、ばさりと大きな羽音が聞こえた。ハッとして顔を上げると同時に、背後から駆け寄ってきた何者かが彼女の体を抱きすくめる。

「駄目だ！　やはり、どうしてもこのまま見過ごすことなどできぬ！」

耳に熱い息がかかり、鼓膜を揺らす甘くせつない声にアーデルの苦しみが伝わってきた。

「殿下、なにを……！」

昨晩、清穢の間ではあれほど堪えた唇が、我知らず言葉を紡ぐ。そのことにすら気づかず、アーデルは強く強くライラを抱きしめ、神鳥を睨《ね》めつけた。

「させぬ！　何を諦《あきら》めても、ライラだけは離せない。……なんとしてでも、兆禍を消すほかの方法を見つける。だから、ライラの命を奪うのだけは許してくれ、神鳥よ！」

しかし、彼の視線の先で朱金の鳥は微動だにしない。人の子の声など届きはしないとでも言いたげに、黒い瞳《ひとみ》が虚空を見つめている。

「殿下、いけません。あなたはサフィールの民を見殺しにするおつもりですか？」

鳥が飛び立ってしまえば、寵託《シニャーガ》の儀は失敗に終わってしまう。ライラは急いでアーデルの腕から逃《のが》れようと身を捩《よじ》った。だが、逃げようとする彼女をいっそう強く金《ダハブ》の王子が抱きしめる。

心までわしづかみにする大きな手。締めつけられたのは体なのか、胸の奥のせつなる想いなのか。心臓が彼への一途な愛にすくむ。

「たとえ誰に恨まれようと誹《そし》られようとかまわない。かなうことならば、我が命を代わりに差し出させてほしい。おまえを失うより、おまえを守って死ぬほうがよほどましだ……！」

悲鳴にも似た悲痛な声に、ライラは身動きが取れなくなった。昨夜の愛の言葉は、真実だったと実感できる。だからこそ、こんなことをしている場合ではないというのに。この儀式を成功させられるのは、自分以外にいない。

「ダメです。殿下……！　どうか、どうか離してください。わたしのたったひとつの愛の証《あかし》は、あなたの生きる国を守ることなのですから……」

そのとき、再び大きな羽音があたりを包み込んだ。神鳥が羽ばたく。その様を見て、立会の一同は儀式の失敗を憂えて息を潜めた。

――ああ、いけない！　このままでは、神鳥が去ってしまわれる！

ライラはしゃにむに足掻《あが》いて、アーデルの腕から逃げ出そうとする。しかしきつく抱きしめられた体は、彼の腕に抱きすくめられたまま、その縛《いまし》めを解くこともままならない。

青空に大きく翼を広げた神鳥の黒い瞳が、まっすぐライラを射抜いた。すると奇妙なことに、どこからともなく声が聞こえてくる。

『人間よ、我はこのような茶番を見るために姿をさらしたわけではない』

その声は、耳ではなく頭の中へ直接響いてくるような、今までに聞いたことも感じたこともない奇異なる響きを伴っていた。

あまりの驚愕《きょうがく》に呼吸すらできず、ライラは周囲の人々を見回した。その場に居合わせた誰もが目を見開き、開口している。中には戦慄《せんりつ》の表情を浮かべて神鳥を凝視している者さえいた。

──これは、神鳥さまの声なのだわ。

信じられない出来事を前に、アーデルの腕が緩む。ライラはそれを見逃さず、抱きすくめてくる腕から逃げ出した。

「神鳥さま！　すぐに……、今すぐにわたしが寵託《シニャーガ》としてこの身を捧げます。醜態をお許しください。我が身をお受け取りいただけますよう……」

言い終えるより先に、現実へと立ち戻ったアーデルが彼女の腕をつかむ。

「駄目だ！　それだけは絶対にさせない！」

「イヤ！　アーデルさま、その手を離して……！」

抗《あらが》うライラの足が地を蹴《け》るたび、しゃらりしゃらりと鈴が場違いに優雅な音を響かせた。いつもは彼女を傷つけるほど強く力を込めることなどなかったアーデルも、このときばかりは力任せにライラの手首をひねりあげる。痛みに息を呑《の》んだ彼女の脳裏に、またしても神鳥の声が聞こえてきた。

『やれやれ、何百年経《た》っても人の子は同じ過ちを犯すものだ。そのようなやりとりには辟易《へきえき》しておる。どうせなら、踊り子の舞で我を楽しませてくれぬか』

呆《あき》れ返った神鳥が去ってしまうよりは良いとしても、なぜ突然に要求が変わったのか。

たしかに今日のために用意されたライラの装束は踊り子を思わせるとはいえ、神鳥が彼女に舞を求める理由は定かではない。

「――わたしの舞でよろしければ、披露させていただきます」

だが、人智《じんち》を超えた存在である神鳥の意思を、人の子である自分たちが理解できないのは当然のことだ。ライラは求めに応じてはっきりとした声で返事をする。神鳥が大きな翼を閉じて、じっと彼女を凝視した。時を同じくして、アーデルが押し黙ったまま腕をほどく。

人の世界から切り離された神域に、薄く霧が立ち込める。ライラは二度深呼吸をすると、ゆらりと紗織布を揺るがせて右手を上げた。

静謐《せいひつ》を指先にまとい、彼女は静かに舞いはじめた。朝の冷たい外気に鈴の音が凛と響き、立会の王族も神官も、アーデルでさえもその姿から目が離せなくなる。

当初は体が強張《こわば》るのを覚えたライラだが、目を閉じて無心に舞っているうち、次第に何もかもが胡乱になっていくのを感じていた。

薄くけぶる霧が、ひらりひらりと舞う彼女の指先から、黒髪から、揺れる装束の端から神鳥の止まり木へ流れていく。気の流れともいうべき、目には見えない世界の理《ことわり》にのっとって、神域は今、完全なる神の手のひらの上に存在していた。

その舞を見た者は、皆一様に家族を思い出した。愛する妻を、子を、父を、母を、兄弟

を、姉妹を、そして自分たちを包む広く大きな世界を思い出した。彼女の舞は、誰しもの心の奥でもっともあたたかく優しく、そして崇高な愛情を引き出していく。

ある者は滂沱《ぼうだ》の涙を流し、ある者は息つくことも忘れて目を瞠り、別のある者は目で見ることさえ不要とばかりに鈴の音に耳を澄ませて瞼《まぶた》を下ろした。

しゃんしゃんと、神の鈴が夢と現《うつつ》の境域に響き渡る。

しゃんしゃんと、しゃんしゃんと。

裸足《はだし》の足が砂を蹴り、猫のごときしなやかさで地に舞い降りる。指先に世界が凝縮され、爪先が世界を攪拌《かくはん》し、長く麗しい黒髪がすべてを包括して夢を描く——。

『おお、これは……』

いまや神鳥の止まり木は緑の葉を金に染め、その姿を映した泉の水面が金色《こんじき》にきらめいている。どれほどの時間が過ぎたのか、ライラにはもうわからなかった。心と体が乖離《かいり》したようでありながら、魂が体中に充溢《じゅういつ》したような感覚も同時に感じて、精根尽きた彼女は静かにその場に跪《ひざまず》いた。

今にもくずおれてしまいそうな痩身《そうしん》を、アーデルが素早く駆け寄ってそっと支える。

ふたりの眼前で、止まり木の光がひときわ強く大きくなった直後、金葉が一斉に空へ舞い上がったように見えた。しかし、巨木には葉が残されている。散っていったのは、光だけだ。

気づけばあたりを霞《かす》ませていた霧は、完全に霧散している。空へとのぼった光が、何もかもを連れ去ってしまったように思えた。

沈黙を破ったのは、神鳥だった。

『ライラ、おまえの選んだ男は王子としては失格だ。だが、おまえを託すには悪くない』

「え……？」

突然、名を呼ばれてライラはまっすぐに朱金の鳥を見つめる。同じように神鳥もライラを見つめていた。黒い瞳は、どこか懐かしさを感じさせる。

『神木が認めたとあらば、儀式は成功だ。寵託《シニャーガ》とは、元来命を捧げるものではない。それを愚かな人の子たちは勘違いしてしまったようだ。そもそもこうして我を呼び出すことも久しいのだから仕方あるまいな』

寵託の儀は、古き文献に残された記録から再現されようとしていた。実際に前回の儀式を知る者はなかったが、そこに記されていた内容さえも間違っていたとは知る由もない。

「では、本当の儀式とはいかなるものなのですか？」

ライラの肩を抱いたアーデルが、神鳥に向かって尋ねる。

サッタール神の使いである神鳥を前に、誰もが畏敬《いけい》の念を抱いていたが、金《ダハブ》の王子だけは空気にのまれることなく堂々としていた。

アーデルの問いかけに、神鳥が妙に世俗的な仕草で嘴《くちばし》を横に向ける。拗《す》ねた子どもがツンとそっぽを向く素振りを連想させるところが、ライラの記憶を爪弾《つまび》く。

なぜ懐かしいと思うのだろう。いったいどこであれほどの巨鳥と出会ったというのか。過去のどんな記憶を探っても、その姿は見当たらない。それなのに、彼女は神鳥を見つめていると胸いっぱいにこみあげる郷愁に涙ぐみそうになってしまう。

『寵託《シニャーガ》の儀とは、人の子の持つ生命力を舞に託して我と神木に捧げることだ。かつて、舞に失敗した乙女が失意のあまり泉に身を投げたことがある。我はその娘のせつなる願いを汲《く》んで兆禍を退けたのだが、それが誤って伝えられてしまったのであろう』

「それならば、ライラの命は差し出さなくともよいのですね⁉」

アーデルは神鳥の答えを聞くやいなや、叫ぶように再度問うた。ライラの肩を抱く手に力がこもる。

生きて共に未来を歩いていきたいと思ってくれる彼の気持ちが、ひしひしとライラに伝わってきた。

諦めなければいけないと、何度も自分に言い聞かせた。そのたびに、アーデルが諦めずにいてくれることが救いになっていたのは言うまでもない。忘れてと願いながら、忘れないでと心が悲鳴をあげ、ライラは自分を押し隠すだけで精一杯だったのだから。

『人の王子よ、おまえはずいぶんとその娘に執心のようだな。その無力な両手で、愛《いと》しい娘を生涯守っていけると我に誓えるか？』

巨体に似合わぬ黒くつぶらな瞳が、金《ダハブ》の王子に向けられる。

その瞬間、ライラはハッとして瞬《まばた》きを二度三度と繰り返した。

なぜ気づかなかったのだろう。

その鳥は、いつも彼女のそばにいてくれた。心細いときも、孤独に陥ったときも、どこからともなくやってきては彼女の話を聞いてくれた。美しい極彩色の羽と、黒く愛らしい瞳の……。

「命に替えても守ってみせる！」

力強い声でアーデルが答えると、神鳥は満足そうに翼を広げる。

『ならば、この国の行く末をおまえとライラの想い合う気持ちに預けよう。しかし我が力にて国を守るからには、相応の対価を差し出してもらわねばならぬ。人間の一生は短い。ライラが永遠に舞を続けるわけにもいかぬだろう。いずれ、おまえとライラの間に生まれた娘に舞を捧げてもらう。その娘の娘、さらにその娘――。連綿とつながる未来を、今一度サフィール王家は契れるか？』

青空に、遠く雷鳴が響いた。雨はこの地を潤し、いずれ訪れる美しい未来に花が咲く。

その日も、ライラは愛するアーデルの隣にいることを許されるのだろうか。

「神鳥よ、俺が次なる王となり、あなたとの約束を果たすと誓う。俺の娘も、その娘も、あなたに舞を捧げるであろう」

『ほう。人間は愚かで浅はかだ。だが我はそんなおまえたちが嫌いではないぞ、人の王子。おまえの心意気、しかと見守らせてもらう』

急激に空が暗くなっていく。雨雲が空を灰色に覆い尽くすのは、間もなくのことだ。

神鳥とアーデルの盟約を、固唾《かたず》を呑んで見守っていた立会一同がわっと歓声をあげた。

ライラはよろよろと立ち上がると、神鳥に向かって右手を伸ばした。その指先に、かつて止まっていた小鳥を思い出す仕草で。

『ライラ、あの夜の恩義にはこれで報いた。我はいつでもおまえのそばにある。ゆめゆめ忘れるな。この我こそがおまえの友であり、守護なのだから……』

それが最後の言葉だった。

神鳥の姿が光に包まれ、瞳を貫くまばゆさに居合わせた誰もが目を瞑《つむ》る。薄い瞼を突き抜ける光に耐えかね、ライラは両手で瞼の上から目を押さえ込んだ。

――神鳥さまが、わたしに恩義を感じるようなことなど何一つありはしないはずなのに。

だが、かつて彼女が助けた小鳥ならばどうだろうか。初めて出会ったあの夜、罠《わな》にかかっていた美しい極彩色の小鳥ならば……。

次に目をあけたときには、止まり木の上から神鳥の姿は消えていた。その代わり、今にも雨の降り出しそうな空の下を、ライラのよく知るシャフィークが飛んでくる。小鳥は彼女の頭上で大きく円を描くと、ふわりと肩に下り立った。

「――やっぱり、あなただったのね、シャフィーク」

さて、何を言っているのやら――。

とぼけた顔で、小鳥はチチチと囀《さえず》る。

その鳴き声を追いかけて、サフィール王国に雨が降りはじめた。

＊＊＊

雨音が耳を打つ。久方ぶりの雨に、王宮に仕える使用人たちは慌てている。いつもより騒々しい拱廊を、アーデルに抱きかかえられて通りぬけ、ライラは見たことのない部屋へ案内された。

上等な紗織布を幾重にも重ねた天蓋《てんがい》付きの寝台が室内中央に鎮座し、白くまろやかな光に満ちた調度品に囲まれた空間は、中に入った瞬間からふわりと薔薇《ワルド》の香りを漂わせる。

「あの……、殿下、ここは……？」

ライラの足首で、しゃらんと鈴が鳴った。彼女の体を抱いたまま、アーデルが不愉快そうに唇を尖《とが》らせた。

「いつまで殿下などと呼び続けるつもりだ。仕置きとして、ひどい目にあわされてもいい言葉尻(じり)はきついのに、彼の表情は拗ねた少年のようで、ライラはつい笑ってしまいそうになる。口元を手で覆って隠したが、少々遅かったらしい。

「ふ、その余裕がいつまでもつか。――ライラ、わかっているだろう。今からおまえは俺の本当の花嫁になるんだぞ」

こつんと額と額をぶつけて、アーデルの翠瞳《すいとう》が彼女を覗《のぞ》きこむ。鼻先が触れ合いそうな距離に、息をしたら吐息がかかってしまうのではないかと恥ずかしくて、ライラはきゅっと唇を引き結んだ。

精緻な幾何学文様を織り込んだ絹織りの絨毯《じゅうたん》の上を、彼はまっすぐに寝台へ向かって歩いていく。紗織布を強引にめくり、上質な絹の敷布にライラの体を横たえる一連の流れの間、細く引き締まった腕は一度たりとも揺るぐことなく、彼女を大切に抱いていた。

やわらかに広がる黒髪と、儀式のためにあつらえた白装束。ライラは、泉から戻ってくる間もずっと夢見心地でいたが、ここから先が本当の意味での現実だ。

にわかに喉《のど》が渇いて、頬《ほお》が火照《ほて》ってくる。彼の本当の花嫁になるというのは、つまり――。

「待ってください、アーデルさま……、ん、ぅ……っ」

昨日、清めの水浴びを終えてからずいぶん時間が経っている。このまま彼に体をさらすのは恥ずかしくて、せめて沐浴《もくよく》の時間をもらいたいと思ったが、それを伝えるより先に唇が塞《ふさ》がれた。豪奢《ごうしゃ》な寝台が、ぎしりと軋《きし》む音がする。

「待たない。おまえが言うことなどわかっている。明るいうちは嫌だとか、体を清めてからでなければ無理だとか、そんなところだろう？」

早々に被頭布《ゴトラ》をはずし、アーデルが寝台の上に身を起こす。ライラの太腿《ふともも》を跨《また》いで膝立《ひざ》ちした彼は、躊躇《ちゅうちょ》なく自らの体にまとった外衣《ビシュト》と長繋服《ディスダーシャ》を脱いだ。均整のとれた男性らしく引き締まった裸身が顕《あらわ》になり、ライラは目のやり場に困って顔を横に向ける。ばさりと衣服を寝台の下に投げ捨て、アーデルが右手で髪をかき上げた。

浅黒い肌はなめらかで、二の腕は筋肉がなめらかに隆起している。首も胸も腹部も、何もかもが自分とは違う男の体だった。

「どうした。そんなに目をそらすほど、俺は醜いか」

「そ、そんなことありません。アーデルさまは美しくて……、恥ずかしいのです。気後れしてしまうと申しますか……」

ライラは両腕で自分の体を抱きしめる。白くやわらかな肌は、彼に比べてなんと脆弱《ぜいじゃく》なことだろう。今さらながら、彼女は自らの体がサフィールの民と異なっていることを恥ずかしく思っていた。

「何が恥ずかしい？　おまえの体は何度も見てきた。手のひらに吸いつくような白肌も、俺の愛撫《あいぶ》に応えて愛らしく尖る胸も……」

「や、言わないでくださ……」

かぁっと頬が赤くなるのがわかって、ライラは弱々しく首を横に振る。そんな彼女が愛しくてたまらないのか、アーデルがクッと笑って左右の手首を優しくつかんだ。自らの体を抱くように巻きつけていた腕を、頭上に高く上げられてしまう。踊り子として舞を披露するときには気にならないのに、こんなときは露出の多い衣服が羞恥《しゅうち》を煽《あお》る。

「アーデルさま……」

青い瞳に涙をいっぱいにためて、彼女は吐息まじりの声で愛する男性の名前を呼んだ。

当初予定した誤った儀式が成功していれば、今ごろこうしてまた彼の温度を感じることなどできなかっただろう。冷たい泉の底に沈み、永遠の孤独を彷徨《さまよ》っていたかもしれない。

それを思うと、彼の手のぬくもりが泣きたくなるほど愛しかった。

「あ……、ぁ、く、くすぐったい……!」

脇《わき》の下に顔を埋めて、アーデルがちろりと舌先でやわらかな肌を舐《な》める。いきなりそんなところを舐められるなど思いもしなかったライラは、腰を揺すって身を捩る。銀の刺繍に彩られた女性らしい胸の膨らみが、彼女の動きに合わせてみだりがましく震えていた。

「ずっとおまえを抱きたかった」

つぅっと舌先が脇から胸へすべる。肩紐《かたひも》を越えて、鎖骨の下へ。そして、ゆっくりと胸当ての布のふちを往復する。

「どうしてかわかるか？　俺は初めて会ったあの日から、おまえに惹《ひ》かれていた」

「あぁ、ぁ、……ん……っ」

銀糸に歯を立て、彼の唇が器用に胸布をずらした。弾力のある膨らみがまろび出て、その先端の色づいた部分がアーデルの目に映ってしまう。

「まだ触れてもいないのに、ずいぶん尖っているではないか。俺に愛されたかったのだと思ってしまうぞ」

窄《すぼ》めた唇で、彼は愛らしい乳首にふぅっと息を吹きかけた。直接触れられたわけでもないのに、肩がびくりとすくんで項《うなじ》から背へ甘い痺《しび》れが駆け抜ける。

「違うのか？　なあ、ライラ。言ってくれ。俺に愛されたかったと。おまえも俺を愛しているのだと……」

濡《ぬ》れた舌先が、乳暈《にゅううん》の円周を焦《じ》れったいほどゆっくりとなぞっていく。かすかな刺激と堪えきれない期待に、腰の奥がわななきはじめる。何よりも、痛いほどに屹立《きつりつ》した胸の頂がもどかしい。

「わ、たし……、わたしも、アーデルさまに……、ひ……、あぁ、ぁ！」

つかまれていた手首が自由になる。それと同時に、彼の両手がライラの胸を裾野《すその》から手のひらで持ち上げ、つぶらな突起を親指と人差し指で左右どちらもきゅぅっとつまみ上げた。

「どうした。続きを言ってくれ。俺のことをどう思っているんだ？」

根本から捏《こ》ねられ、敏感な胸の先があられもなくくびり出される。指の腹を擦りあわされると、乳首から腰の奥まで快楽の糸が張り詰めていく。

「ぁ……、ぁ、そんなに強くしな……で……」

膝に力を込めて、太腿をすりあわせる。足の間、その奥に熱がこみあげて、ぎゅっと閉じていても蜜口《みつくち》がせつなく疼《うず》く。狭隘《きょうあい》な淫路《いんろ》に甘濡れの媚蜜《びみつ》が滴るのを感じて、ライラは涙声でアーデルの名を呼んだ。

「す、好きです。アーデルさまが、ぁ、ぁ……っ」

「ほう、俺にこうして舐められるのが好きなのだな」

いじらしく尖る乳首を、彼の舌がねっとりと根本から先端に向けて舐《ねぶ》る。返す刀で、今度は上から下へと舌先が淫靡《いんび》な往復を始めた。しかも乳暈ごと根本を絞る指は、きゅっ、きゅぅっと舌の動きに合わせて色づいた乳首を締めつける。

「は……、ち、ちが……、ぅん……っ」

快楽だけを望んでいるような曲解に、ライラは必死で胸の内を言葉にしようとするが、絶え間なく与えられる甘い刺激に唇がわなないて思ったように喋《しゃべ》れない。ともすれば、誘うような声が鼻から漏れてしまいそうになる。

「違うなら、きちんと言ってくれ。ライラ、おまえは俺を愛してくれているのか？」

唾液《だえき》に濡れた頂が、窓から射し込む光を受けていっそう卑猥《ひわい》にライラの目に映る。愛しているからこそ、彼のために生きて彼のために死にたいとさえ思ったはずが、佚楽《いつらく》に翻弄《ほんろう》されて想いの丈は言葉にならない。

「アーデルさ……ま、ぁ……、ん……く……っ」

なんとか息を整えるも、それに気づいたアーデルは形良い唇で左の乳首をすっぽりと包み込んでしまう。

「やぁ、ぁ、ん……っ！」

ぢゅぅうっと強く吸われて、敏感になりすぎた果実が彼の口腔《こうこう》の熱で溶けてしまいそうだ。あまつさえ、吸うだけでは足りないとばかりに、淫《みだ》らな舌先がちろちろと突端をくすぐってくる。

足首まである装束の白い布が、激しく揺らぐ腰と足のせいで膝が見えるほどめくれていた。彼女の腿を跨いでいたはずのアーデルの左膝が、刺激に喘ぐたび打ち震える足の間に割り込んでくる。

「ひ……、ぁ、ぁ、そ……なに……舐めちゃ、やぁ、ぁ……っ」

白肌に唇が食い込むほど強く顔を押しつけ、アーデルは貪《むさぼ》るように胸を吸う。次第にライラのあらぬ空洞が蠢動《しゅんどう》しはじめ、閉じ合わせた淫畝《いんせ》があふれた蜜でぬかるんでいく。

鎖骨まで赤く染めて感じる彼女の嬌声《きょうせい》を堪能して、アーデルはやわらかな内腿を膝でを押し広げた。自分の両膝を使ってライラの片足を固定し、満を持して甘い香りの漂う腰布の下に手を差し入れた。

「……ぁ、……っ、う……！」

興奮でぽってりと腫《は》れた媚肉《びにく》の間《あわい》、しとどに濡れて甘く咲き誇る花弁が二本の指で前後に擦《こす》られる。媚蜜で潤うぬめりを利用して、アーデルの指はみだりがましく蠢《うごめ》いた。

「こんなに濡らしていたとはな。ライラ、おまえが感じてくれていたことが嬉《うれ》しい。は……」

亀裂《きれつ》の内側を何度も繰り返し擦る指先が、動きを大きくする。アーデルは堪えきれないとでも言いたげに、またしても胸の頂に吸いついた。指の動きと合わせて吸われると、ライラは頭の中に火がついたように何も考えられなくなってしまう。

「やぁぁ……、ダメ、ダメ……っ！　そんな、擦っちゃ、ぁ、ぁ……」

激しく淫畝の合間を往復する指先が、ぽちりと膨らんだ花芽にかすめた。その瞬間、体中がびくびくと震えて、ライラは涙に濡れた瞳を見開いた。

「あう……、ぅ……、あぁ、ぁ、そこ、やぁ、んん……」

敷布の上で腰が高く跳ね上がり、割れ目を伝った媚蜜がお尻の下まで垂れていく。

――いや、いや！　あふれないで、お願い……。こんなに感じてるなんて、アーデルさまに、はしたないと思われてしまう……！

　恥ずかしさといたたまれなさで、ライラは敷布をぎゅっと握りしめた。視界が涙でにじみ、瀟洒《しょうしゃ》な紗織布を重ねた天蓋《てんがい》がぼやけていく。

「き、嫌いにならな……で……、ん……っ」

　今にもしゃくりあげそうになりながら、か細い声でそう言うと、アーデルが驚いた様子で埋めていた胸から顔を上げた。

　翡翠《ひすい》の瞳に直視されて、ライラはもう一度涙声で訴える。

「アーデルさまが好きだから、か、感じてしまうんです……。ごめんなさ……、はしたなくて、わたし……、わたし、どうしたら……」

　昨晩から——いや、それよりも前からずっと張り詰めていた緊張の糸がふつりと切れて、ライラは子どものように泣きじゃくった。透明な涙があとからあとからこぼれてくる。こんなに彼を愛しているのに、それを伝えることさえままならず、あられもない姿をさらしている。あまつさえ、彼自身ではなく彼の与える快楽を好きなのだと誤解までされてしまいそうなのだ。

「馬鹿《ばか》なことを言うな。おまえが感じてくれるのが、俺は嬉しいと言っただろう。いや、まあ、ちょっといじめすぎたか……？」

　困ったように微笑んで、彼はライラをぎゅっと抱きしめる。よしよしと背中を撫《な》でてくれる大きな手があたたかい。裸の胸に額をつけ、ライラは両手でアーデルに抱きついた。

「す、好き……。好きなんです。アーデルさまだけ、心からあなただけを愛してます……」

彼はライラの前髪を指で払うと、その生え際にくちづけを落とす。二度三度と優しい唇を感じて、ライラはおそるおそる視線を上げた。

「……俺のほうがずっとおまえを愛している。だから、少々悔しかった」

「そんな……！　わたし、初めて会ったときから、アーデルさまのことをお慕いしていました。だから、婚約者になるのだと言われて戸惑ったけれど嬉しくて……」

嬉しいと思っている自分に、分不相応な関係でアーデルを縛ってはいけないと何度も言い聞かせた日々を、ライラは今でも忘れない。好きだからこそ、彼の足枷《あしかせ》にはなりたくなかった。そして愛しているからこそ、彼のために寵託《シニャーガ》であろうとした。

「わたしのほうが、ずっとずっと愛してるんです……！」

涙声で必死に弁を振るう彼女を見つめていたアーデルが、ゆっくりと顔を傾ける。互いの心が引き寄せられていく、その瞬間――。ライラは静かに目を閉じた。愛執に乱れたくちづけに、心臓の音が耳元で大きく鳴っている。

「……意地悪はもう終わりだ。ライラ、俺の花嫁になってくれるだろう？　おまえがいないと生きていけない哀れな俺の恋贄として、生涯そばにいてくれ」

彼の翡翠の瞳にライラが映り、ライラの青い瞳にアーデルが映っていた。今、このときだけはほかの何も要らない。国も民も身分も忘れて、ライラはこくりと頷《うなず》く。

「どうか、おそばに置いてくださいませ」

「ああ、決して離さない」

もう一度、唇が重なった。

そして、アーデルの長い指がライラの胸から腹部をなぞっていく。脇腹をかすめ、臍《へそ》の形を確認し、装飾のついた腰帯の上をぐるりと撫でると、彼は足の間に手を挟み込む。

「……ぁ、あの、そこは……」

いくら感じているのを喜んでもらっても、恥ずかしい気持ちに変わりはない。ライラが白磁の頬を真っ赤に染めるのを見て、アーデルは体をずらした。

その端正な顔が胸の上にかぶさり、膝で足を開かせる。

「愛する花嫁を、今こそすべて——俺のものにしたい。駄目か？」

懇願するような熱のこもった声に、ライラは抵抗などできなくて。

最初からすべて、彼のものなのだ。この体も心も、あの日助けてもらってからずっと彼だけに捧げてきた。

「……ダメじゃ……ありませ……、あ、ぁ、ぁ……っ！」

言い終わるより早く、彼の指が蜜口にくぷりと挿《さ》し込まれる。きゅんと尖った胸の頂は、甘やかな唇に含まれた。

「んんー……っ！」

二本の指が媚襞《びへき》を押し広げると、全身の肌が粟立《あわだ》つ。ぞくぞくと駆け巡る刺激に、ライラは爪先を突っ張る。華奢《きゃしゃ》な足首で鈴がしゃんしゃんと鳴って、その音に合わせるように隘路《あいろ》を抉《えぐ》る指が抽挿を始めた。

「あ、あ、あぁ……っ！」

いたいけな粘膜が、彼の与える快楽を貪るように蠢動し、押し広げられるたびに甘い疼きで淫らにわななく。

「おまえは恥ずかしいと言ったが、たっぷり濡れていないと痛いはずだからな。もっと感じて、もっと濡らしてもらわねば困る」

「そ……んな、ゃぁ……、ぁ、あぁ……っ、ん！」

内壁を擦る手が、親指を伸ばして花芽に触れた。刹那《せつな》、ライラの体はびくびくと激しく痙攣《けいれん》する。

「ああぁあ、ぁ、ダメ、ダメ……ぇ……」

愛らしく膨れた突起は、軽く撫でられるだけですでに感じきっていた彼女を快楽の果てへ誘《いざな》った。

「ゃ……、ぁ……、ぁ、ぁ、イ……っちゃ……」

弛緩《しかん》した手足を寝台の上に投げ出して、ライラは肩で息をする。熱い吐息が唇を濡らし、目をあけることもできない。

しかし、息が整うのを待たずにアーデルが彼女の膝を両手でつかみ、左右に大きく割り開いた。汗でかすかに湿った柔肌《やわはだ》に視線を感じ、ライラは必死に足を閉じようとする。

「は、はずかし……」

「恥じらうことはない。おまえはどこもかしこもかわいいと言ったではないか。ここも――」

アーデルは、大きく開かせた足をさらに持ち上げ、膝が胸につきそうなほど腰を上向かせた。腿の裏側を両手で押さえられているため、身動きができない。

「……ひ、ッ！」

亀裂の合間に、指とは違うあたたかな何かが挟み込まれた。ぬかるんだ間《あわい》をねっとりと上下するそれが、アーデルの舌だと気づいたときにはライラは腰を揺すって嬌声をあげるしかできなくて。

「ダメ、ダメです……。や、そんな……、吸わな……で……っ」

ぷっくりと腫れ上がった花芽が、舌先で弾かれる。あまりの強い刺激に、蜜口からおびただしい雫《しずく》があふれかえった。小さな突起はむき出しにされ、硬く尖らせた舌先が何度も何度も根本から扱《しご》くように弾いては舐る。

「あぁ、ぁ、アーデルさま……っ……、おねが……っ、それ、ぁ、やぁぁ……ん！」

先刻、軽く達したばかりだというのに、アーデルは攻めの手を休めるどころかいっそう激しく彼女を感じさせていく。いたいけな突起を舐られると、それに呼応するように無垢《むく》な媚襞が淫らに蠢く。何かを締めつけたいと訴えて、粘着質な愛の涙を滴らせた。

「ここもひくついているな。ほしくてたまらないのだろう？」

「……ち、ちが……っ」

「ならば、直接聞いてみるか」

ぢゅぷ、と淫靡な音がした。

信じられない。ライラは自分の目を、身体感覚を疑う。けれど、アーデルの赤い舌が蜜口に挿入されている。

「や……ぁ、ぁ、あぁ……っ、ウソ、こんな……、ひ、ぁぁ、ん！」

指の自在な動きとは違い、舌は軟体動物のように甘濡れの襞《ひだ》をねっとりなぞっていく。

それればかりか、ぢゅくぢゅくとあられもない音を立てて舌先が狭道を抽挿しはじめた。

「ダメ……ぇ……！　奥まで、はいっちゃ……ぅ……！」

拒む唇とは裏腹に、ライラの粘膜はもっと奥までほしいとうねって、アーデルの舌を誘い込もうとする。蜜口まで引き抜かれると、せつなさと寂しさで媚襞が震え、ずっぷりと挿し入れられると押し広げられる快感に腰が疼く。もうこれ以上は、おかしくなってしま

いそうだというのに、まだ指でも舌でも届いていない最奥が疼痛《とうつう》にひくついていた。

「何を言っている。今からもっと奥までおまえを貫くのだぞ」

「だって……、ぁ、ぁ、あぁ……っ……」

気を抜けば、唇が理性を裏切った言葉を紡いでしまいそうになる。入り口近辺だけではなく、もっと中まで擦ってほしい。奥のほうが疼いておかしくなりそう、と――。

「だから、まずはたっぷり慣らして広げておかなくてはな。ふ、達する顔を何度も見たいというのもあるのだが」

艶美《えんび》な唇が笑みを浮かべた。そして、アーデルが花芽に軽く歯を立てる。前歯でやんわりと挟んだ先端を、舌先がかすめるようにちろちろと舐めた。

「ゃ……、も、もぉ、ダメ……」

腰から脳まで突き抜ける激しい刺激に、ライラは心まで溶かされてしまった。自分から腰を揺らして、淫らな舞を繰り広げながら、彼女はねだるように甘い声を漏らす。

「アーデルさまが……ほしい、です……。おねが……っ、ぁ、ぁ、奥が疼いて……っく、るし……」

乱れた白銀の衣服から艶《なま》めかしい裸身が覗き、火照った肌からはアーデルと同じ薔薇《ワルド》の香りがほのかに漂う。

「そんなに煽られると、優しくできん。俺だっておまえがほしくて正気でいられない。それなのに、まったく……」

腰布を引き剝《は》がした彼の下腹部には、先端から透明な雫を滴らせる激情の楔《くさび》がそそりたっていた。

――あれが……わたしの中に……。

考えただけで、腰の奥がひくりと震える。指や舌で愛されたことはあっても、彼自身を受け入れたことにはならない。本当の花嫁になるというならば、その灼熱《しゃくねつ》の杭《くい》を心と体に打ち込んでもらわなくては――。

「まったく、俺の花嫁は結婚前から夫を操る魔性の女だな」

わざとらしく笑うと、アーデルは彼女の太腿を割って腰を密着させる。脈打つ劣情を淫畝に押しあてられて、ライラはぎゅっと目を瞑《つむ》った。

「だが、そんなところも愛している。ライラ……、おまえのすべてを俺に与えてくれ」

濡れそぼった花唇を指で左右に開くと、彼は雄槍《おすやり》の切っ先で蜜口をつつく。かすかに触れあうだけで、空洞がきゅぅっとせつなく収斂《しゅうれん》し、ライラは熱っぽい息を吐き出した。

「代わりに俺のすべてを、おまえにくれてやる……！」

張り詰めた先端が、ぐいと押し込まれる。

それは、指とも舌ともまったく違っていて、ほんの少しめり込んだだけで全身がぞくりと震えた。熱く昂《たか》ぶる彼の欲望は、あまりに大きすぎてたっぷりと濡れていても簡単には入らない。

「あ、ぁ……っ……」

小さな蜜口が目一杯広げられた。怖れる気持ちもあるけれど、彼の想いをいちばん近くで受け止めたい——。

「もう少し、力を抜け。こんなに締めつけては、……っく、おまえが痛いだけだ」

そう言われても、彼が穿《うが》とうとしている空洞のどこをどうすれば力を抜けるのか、ライラにはよくわからない。

「や……、わ、かんな……、あぁッ！」

刹那、ライラのせつなる媚膜に、ぐぷりと楔の先端が打ち込まれた。亀頭の付け根を締めつける蜜口がひくついて、粘膜は異物を押し返そうとする。

「く……、狭すぎる……っ」

眉根《まゆね》を寄せてかすかに腰を引いたアーデルが、次の瞬間、猛《たけ》る熱塊をさらに奥までねじ込んだ。

「ひ……ッ、痛っ……」

刀身の半分ほどをライラの膣内《ちつない》に埋め込み、彼は上半身を倒して彼女にのしかかる。激しく内部を抉られた衝撃で、ライラの頬は涙に濡れていた。

「怯《おび》えなくていいんだ、ライラ……。少し、気を紛らわせてやるからな」

漲《みなぎ》る愛慾《あいよく》の昂ぶりを埋め込まれたまま、ライラは身動きもとれずに浅い呼吸を繰り返す。そのたびに双丘が上下して、かわいらしい先端がぴくぴくと震える。

アーデルがそっと指で乳首を転がしはじめたとき、頭の中で激しい光が弾けた。痛みに打ち震える処女《おとめ》の媚襞がうねり、細い腰が意思と関係なく跳ね上がる。

「ぁ……っ……！　や、何か、ヘンにな……っ」

もう一方の乳首に、舌先が躍った。側面をかすめ、ねっとりと根本から舐り、唇がちゅぅっと音を立てて硬く尖った部分を吸い上げる。ツンと尖った先端から送り込まれる甘やかな刺激に、ライラは白い喉をそらした。

「ゃぁ……っん、ん……！　これ、ま、紛らわせな……っ、ぁ、ぁ……」

彼は気を紛らわせてやると言った。しかし指で捏ねられても、唇と舌でしゃぶられても、気が紛れるどころか楔を締めつける粘膜がいっそう敏感になっていく。きゅぅきゅぅ締めつけて、彼の侵入を促そうとしてしまう。

「あ、ふ……っ、ぁ、あぁ……っ」

——痛いのに、怖いのに、初めてなのに……。

みだりがましく屹立した乳首をしゃぶりながら、アーデルが腰を突き出した。ず、ずず、とつながる部分がかすかに軋む。

「痛……ぁ……、は……っ……」

男を知ったばかりの弱々しい媚襞に、どちらのものかわからない体液が沁《し》みている。痛みとももどかしさとも判断できない感覚と、内側から自分を押し広げられていく圧迫感に、ライラは黒髪を揺らしていやいやと首を横に振った。

「変になりそうなのは、こっちのほうだ。く……、おまえの中、狭すぎる……」

アーデルは胸から顔を上げて、ライラの体を両腕で抱きすくめる。その背にライラも腕をまわした、そのとき——。

ずぷり、と彼女の最奥に切っ先が突き当たった。限界まで押し開かれた蜜口も、初めて擦られる淫膜も、亀頭で斜めに押し上げられる深奥も、すべてがアーデルの情欲を感じている。

「は……、ぁ、ぁ……っ」

愛慾に貫かれたのは体のはずなのに、心の中まで彼の熱に犯されたような錯覚を覚えて、ライラは浅い呼吸を繰り返す。

「ようやく、すべて挿入《はい》ったな」

額にこまかな汗の粒を浮かべ、愛しい人が微笑んだ。

——これで、わたしは彼のものになれたの……？

無垢な粘膜はまだひりひりと痛みを訴えているけれど、ライラは彼を受け入れた喜びに胸がじんと熱くなった。

「わたし……、アーデルさまの花嫁にしていただけたんですね……」

「ああ、おまえは俺の愛する妻だ。――ただし、まだ終わったわけではないぞ」

アーデルの言葉に、ライラは驚いて長い睫毛《まつげ》を瞬《しばた》かせる。男女の閨事《ねやごと》にはあまり詳しくないけれど、彼の猛熱を体内に受け入れることが愛の行為と聞いていて――。

「こうして……」

上半身をぴったりと密着させたまま、彼は腰を引いた。内部の圧迫が弱まり、ライラはほっと息を吐く。その直後、先刻はゆっくりと時間をかけて最奥まで辿《たど》り着いたはずの杭が、一息に打ち込まれた。

「ひ……っ、ぁ、ああぁ……っ」

「わかるか？　こうして何度もおまえの中を俺で抉る。互いのもっとも弱く感じやすい部分を擦りあわせるんだ」

言いながら、アーデルはまたしても楔を引き抜き、蜜口に先端の膨らみが引っかかると最奥まで媚襞を擦りあげてくる。

「ゃ、ダメ、ダメ……！」

隘路を往復する灼熱に、ライラの口から泣き声があがった。抽挿の速度が次第に速まっていく。打ちつけられるたび、花芽が擦れて全身に佚楽が充溢してしまう。

「俺の花嫁……、こんなに締めつけて、おまえも感じているのがわかる……」

「あぁ、ぁ、んん……っ」

つながる部分から、ひどく熱い媚蜜が飛沫《しぶき》をあげて飛び散った。耳をふさぎたくなるほど恥ずかしい水音と、揺すられるたびに足首の鈴が奏でる澄んだ音色――。

「は、ぁ……っ、ぁ、アーデルさま……っ、ん、んぅ……」

彼の名を呼んだ唇が、愛に濡れた接吻《せっぷん》で塞がれた。嬌声までも呑み込まれ、ライラはひたすらにアーデルの熱に翻弄されてしまう。絡み合う舌も、つながる体も、このまま溶け合ってしまえたらいいのに。

「……っ、ん……、んん、んーっ！」

高まった悦楽が、突き上げられる衝撃で弾け散る。瞼の裏で白い星がいくつも破裂した。

雄芯を埋め込まれた媚肉が、これまでにないほどきつく収斂しているというのに、彼は速度を落とすどころかなおさら激しくライラを抉る。

きゅうぅっと蜜口が窄まり、彼の欲望の形を覚えこもうとするかのように、奥へ向かって媚襞が蠢動して――。

「…………ん、んぅ……、んん……っ」

全身がわななき、ライラはアーデルにすがりついた。手足は強張っているのに、彼を受け入れる粘膜だけが何度も何度も打ち震える。

感じすぎて痛いだなんて、彼に出会うまで知らなかった。

愛する人に触れられると、ただそれだけで心が濡れる。疼痛に喘ぐ最奥を突き上げられて、愛のままにひたむきに互いの衝動を貪り合う。そのすべてを、アーデルが教えてくれた。

「ああ……、ライラ、俺ももう……っ」

上半身を起こしたアーデルが、金の髪を振り乱してしゃにむに腰を打ちつけてくる。

「や……っ、イったの、もう……、イっちゃ……から、ぁ、あぁぁ——……っ」

「く……っ……」

媚襞に締めつけられた猛熱が、びくびくと脈打った。斜めに最奥を押し上げる切っ先が、白い情熱を迸《ほとばし》らせる。

「……ん……っ、ゃ、熱い……」

体の奥に吐き出される愛の証を感じながら、ライラは愛する人の腕に抱かれて目を閉じた。すぅっと意識が白い闇に吸い込まれていく。

薔薇《ワルド》の香り、彼の香り。

甘く蕩《とろ》ける愛の香り。

「永遠におまえを守る。だから、どうか俺から離れないでくれ、ライラ……」

優しい雨音と、愛に満ちた声が彼女の耳朶《みみたぶ》を舐める。

ふたりが正式に永遠を誓い合うのは、そう遠くない未来だが、昼日中《ひるひなか》から翌朝まで寝所にこもっていたことを王子の親友兼兄代わりである占者にからかわれるのはわりと近い未来の話――。

＊＊＊

一日中、サフィール全土に降り続いた雨が、夜になってぱたりとやんだ。

愛されすぎた体が重くて、ライラはアーデルの部屋から出られずにいた。もっとも、彼女が暮らしていた奥の間と呼ばれる寝所へ戻ろうとすれば、金の王子《ダハブ》は全力で引き止めたのだろうが。

「……あの星、消えてしまいましたね」

窓際に座るライラを、背後からアーデルが抱きしめる。ふたりは北の空を見上げて、影も形もなくなった兆禍を思い出した。

さんざん愛された体に薄衣を軽く巻きつけただけのライラは、背中に感じる愛しい王子の体温にまだ恥じらいを覚えてしまう。なにしろ彼は裸身を隠すつもりもないらしく、今も彼女を抱きしめながら彫刻のように美しい体をさらしている。

「消えて良かったというのに、なぜおまえは寂しそうな顔をしているんだ？」

「じつは……兆禍だと知る前に、金色の星に誓ったんです。あなたのそばで、あなたのために生きていこうと……」

ライラがそう言うと、愛しの王子は手を伸ばして彼女の顎《あご》をくいっと上げさせる。

「あ、あの、アーデルさま……？」

「そんなかわいらしいことを言われると、今夜のうちにもう一度、愛を確かめたくなるぞ」

翡翠の瞳がいたずらっ子のようにきらめいた。しかしライラは、彼の冗談に笑うことはできそうにない。

あのあと――。

初めてだった彼女に、アーデルはさらに二回ほど愛を注ぎ込んだ。体中の関節が軋むほど愛されて幸福でないと言うつもりはないけれど、過ぎたるは及ばざるが如《ごと》しと言うではないか。

「あ、あの、もうじゅうぶん確かめ合ったと思います！」

アーデルの腕から逃れようとしたライラを、彼はきつくきつく抱きしめる。首筋に軽くくちづけてから、耳朵に吐息が触れるほど顔を近づけて。

「いや、まだまだこれからだ。俺は神鳥との約束を果たさなければならない。ライラ、おまえを生涯愛させてくれるだろう？」

「…………っ！」

白い頬を真っ赤に染めて、未来の花嫁はかすかに頷く。

「まったく、おまえはどこまで俺を翻弄するのやら。かわいいライラ、心から愛しているよ」

アーデルは、ひょいと彼女の体を抱き上げて自分の膝の上に座らせた。素肌が触れる感触にライラが目を瞠って慌てふためく。

「あ、あの、アーデルさま……っ」

やわらかな臀部《でんぶ》に、つい先刻まで彼女の内部で暴れていた愛慾の猛りが押しつけられている。あんなに何度も達したはずが、なぜまだこうも生命力にあふれているのか、いささか疑問を感じずにはいられない。それとも男性とは皆そうなのだろうか。

「悪いな。本当ならばもっと優しくしてやりたいのだが、おまえを失うかもしれないと思っていた心がまだ落ち着かない。何度抱いても足りなくて、またほしくなってしまう」

謝意を示しているようにも聞こえるが、その実すでにライラの蜜口に切っ先を突き入れようとしているアーデルは、ここでやめる気など毛頭ないらしい。

寝台の上ですらない場所で、彼にすがりつくこともできない後背からの侵入に、ライラは怯えたように身をすくめた。

「どうした？　もう俺を受け入れたくはないのか？　おまえを欲して、こんなにも昂ぶる愛慾を許してくれるのだろう?」

「で、ですが……、こんな格好、恥ずかし……、あ、ぁ……っ!」

数時間前までは処女《おとめ》だったというのに、ライラの淫路はアーデルの形をしっかりと覚えこんでしまった。蜜口を押し広げる亀頭に、その先で待ち受ける快楽を期待して、媚襞がみだりがましくうねりはじめる。胸と胸を重ねて抱き合うのとは異なり、角度の違う灼熱の楔がいっそう彼女をおかしくさせた。

「どんな格好だろうとおまえは俺の愛しい花嫁だ。それに、このほうが奥まで届くのではないか?」

黒髪が白い肩と背に揺らぐ。

ライラは自分の体を両腕で抱きしめるようにして、ふるふると首を横に振った。けれどそれは、彼の言うことを否定しているわけではない。内壁を穿つ情熱に追い上げられた官能が、体中を震わせてしまうだけのこと。

「ぁ……、アーデルさ、ま……っ」

「俺の花嫁は、いささか感じやすすぎるきらいがある。ライラ、どうしてこうも感じてしまうのか、その愛らしい唇で言ってくれ」

細腰を両手でつかむと、アーデルは座ったままで腰を突き上げる。狭隘な最奥に食い込む劣情に、ライラは泣き声とも嬌声とも判別しがたい高い声を漏らした。

「ゃ……っ……、そんな、ぁ、あ、待っ……」

「待てない。おまえの体が俺を感じて甘く蕩けるのはなぜだ？　さあ、答えろ。その答えによってはもっともっと愛してやる……」

　ぢゅぷ、とひときわ激しく彼の熱がライラを抉る。心の奥をかき乱される快楽に、彼女は思わず体を前に倒した。このままでは、顔から床に突っ伏してしまう。——と、思った矢先、背後から彼女を淫らに追い立てる愛しい人が膝立ちになった。すると、ライラは両手を絹織りの絨毯につき、獣《けもの》のように四つん這《ば》いでアーデルを受け入れる姿勢に——。

「や……！　こ、こんな……、はしたな……あ、ぁ、ダメ……ぇ……！」

　しなる白い背から、巻きつけていただけの紗布《さふ》がはらりと落ちた。激しい抽挿に、媚襞はひっきりなしに打ち震える。

「あ、あぅ……、待……、ぁぁ、あ、……んーっ……」

　脳天まで痺れるほど、アーデルの与える淫愛の刺激は強く心を響かせ、甘濡れの隘路を繰り返し往復した。

「俺を愛しているから、感じる。——そうだろう？」

「は、……あ、ぁ、そうです……っ」

　いつしかライラは拒むことも恥じらう気持ちも忘れ、アーデルの動きに合わせて腰を揺らしていた。ぶつかる互いの肌と肌が、どちらのものかわからない愛の蜜液に濡れて淫靡な水音を立てた。

「アーデルさまを……、愛して……あ、ぁ、愛してます……」

遠ざかる世界と、近づく愛の果て。

ライラは目を閉じて、必死にアーデルの速度に心と体を寄り添わせる。どれほど愛していいのかなど、もう悩む必要はなかった。愛する気持ちが彼の負担になるのではないかと懸念するのも無駄になる。だが、そうなった今こそがふたりの幸福を紡ぎはじめる開始点だ。

「いい子だ。その甘い声で、もっと俺に愛を囁《ささや》け。永遠に、俺だけのものでいてくれ、ライラ……」

ほかの誰にも聞かせることのない、せつなげでいながらひどく優しい声でアーデルが懇願する。その吐息ひとつで、ライラの心が疼くことを彼は知らない。

一途《いちず》に愛して、ひたすらに愛されて。

ふたつの心が溶け合っていく。つながるのは体でも心でもなく、あるいは魂そのものなのかもしれない。

「愛してる、ライラ……。未来永劫《えいごう》、おまえだけを愛すると誓う」

「アーデルさま、ぁ、もぉ……、ん……っ」

金色の星の消えた空に、愛の声を響かせて。

何度も、何度でも愛を奏であう。甘やかな夜の恋は、婚礼など待ちきれぬほどに互いの存在を求めていた。

＊＊＊

その国は、四方を砂漠に囲まれながら豊かな水と自然に恵まれている。

他国の人々は羨望《せんぼう》と称賛を込めて、サフィール王国を砂中の楽園と呼んだ。

サッタール神の加護を受け、代々の王女は契約《ちぎり》の舞を得意としている。かつては翠瞳こそが王族の証とされていたが、舞姫と呼ばれる王女だけが青空を映しこんだ瞳を持って生まれてくるらしい。

永遠の愛を約束した金《ダハブ》の王子と白肌の花嫁は、いつまでもいつまでも末永く楽園に語り継がれることになる。

終章　朱金の神鳥が住まう国

静かな雨が王宮を濡《ぬ》らしていた。

白壁は灰色に染まり、石畳の隙間《すきま》に水たまりができる。しかし宮殿内部に働く人々は、三日後に控えた金《ダハブ》の王子の婚礼の儀のため、せっせと準備に明け暮れていた。

古代より、雨が降ったからといって仕事を怠けるのは王族ぐらいと相場が決まっているのだ。

王宮の奥に改築されたばかりの寝所では、白い長繋服《ディスダーシャ》姿のアーデルが不器用な手つきでラバーブを練習するのを眺めて、ライラが幸せそうに微笑《ほほえ》んでいた。

彼女の肩には、見慣れない極彩色の小鳥がとまっている。サフィール王国広しといえども、同じ色味の鳥を誰も知らない。それもそのはずだ。ライラの肩で羽を休める小鳥こそ、国を守るサッタール神の使いなのだから。

「まったく、ラバーブというのは思ったよりも難しいものだな」

「ふふ、アーデルさまは力を入れすぎなのです。どうぞ、もっと自由に演奏してくださいませ」

婚礼の儀では、すっかり病も癒えたライラの養父イムラーンがラバーブを演奏してくれることになっていた。もちろん手配をしたのは、彼女の愛する婚約者である。

金《ダハブ》の王子は、小さく唸《うな》ってラバーブの棹《さお》を握ると、ライラに向かって頷《うなず》いた。

「おまえを愛するときと同じように、好きに奏でれば良いということだな」

「そ、それはその……」

赤面したライラが愛《いと》しくて、アーデルは嬉《うれ》しそうに笑い声をあげる。

「もう、アーデルさまったら、笑いすぎです！」

ひとしきり笑ってから、彼は再度ラバーブをかまえる。先ほどに比べて力が抜け、自然な演奏になっているようだ。彼の花嫁は奏者としてだけではなく、教師としても有能らしい。そして何より、その舞は神の使いさえも虜《とりこ》にするというのだから、並外れた才能の持ち主だ。

無骨なラバーブの演奏に合わせて、立ち上がったライラが可憐《かれん》に踊りはじめる。シャフィークは、彼女の頭上でぱたぱたと羽ばたいた。

そのとき、ばつんと大きな音がして、ラバーブに張られた弦のうち一本が弾け飛ぶ。

「む……！　弦が切れてしまったぞ」

弓を手に、アーデルは驚いたように膝《ひざ》の上にかまえていた楽器を見つめた。

「アーデルさま、お怪我はありませんか？」

「いや、大丈夫だ。それよりも、せっかくだから弦の張り方を教えてくれるか、ライラ」

彼はすっかりラバーブが気に入って、暇さえあれば熱心に練習を重ねている。このままでは、イムラーンに弟子入りすると言いだしかねないほどだ。

「その礼に、夜の作法は俺がじっくり仕込んでやるから案ずるな」

「な……なにを……」

「はは、おまえはいつまでも初々しい。そんなところもかわいらしいが、お望みとあらば夜まで待たずともいいのだぞ？」

アーデルは、膝の上にのせていたラバーブを絨毯《じゅうたん》に下ろすと、両腕を広げてライラの腰を抱き寄せる。

「たまにはおまえからくちづけてくれ。俺のかわいい花嫁……」

「……昨日も同じ言葉を聞いた気がします！」

首筋まで赤く染めて、ライラはぷぅっと頬《ほお》を膨らました。

「そうか。ならば、毎日でもかまわん。さあ、ライラ？」

目を閉じた美しい王子を前に、彼女は小さく笑う。

永遠はいつも彼の隣に。

寵愛《ちょうあい》の舞姫は、そっと愛する人にくちづけた。

宮殿は優しい雨に濡れている。

その雨こそが、ふたりの愛の奇蹟《きせき》——。

あとがき

こんにちは、麻生《あそう》ミカリです。このたびは『愛夜一夜　捧げられたウェディング』を手にとっていただき、ありがとうございます。

執筆が決まった当初、担当サマと話していて「よし、今回はエセアラブ風味でいこう！」と盛り上がり、その勢いと萌《も》えを詰め込んだ物語になりました。

寡黙で何を考えているかわかりにくいアーデルのせいで、ライラはいつも困惑ばかりしていたので、最後くらい反撃を……と思ったはずが、あわれヒロインは愛の返り討ちにあってしまったようです。王子の溺愛っぷりには、周囲の人々もきっと赤面していることでしょう。いちばん翻弄《ほんろう》されているのは、間違いなくライラですけどね！

さて、今回は前々から憧れていた天野《あまの》ちぎり先生にイラストを担当していただきました。美麗《びれい》な表紙のふたりを見て、本作を手にとってくださった方も多いのではないでしょうか。天野先生、ステキなイラストをありがとうございました！

最後になりましたが、この本を読んでくださったあなたに最大級の感謝を込めて。

星の数ほどある本の中から、拙著を手にとっていただけたことに心よりお礼申しあげます。

あなたの心に残るシーンはひとつでもあったでしょうか？　楽しんでいただけたら幸いです。そうでなかった方、ごめんなさい！　今後ますます頑張りますので、次回に期待していただけたら嬉しいなーなんて調子のいいことを言いつつ。

またどこかでお会いできる日を願って。それでは。

二〇一四年一月の深夜に　麻生ミカリ

『愛夜一夜　捧げられたウェディング』、いかがでしたか？

麻生《あそう》**ミカリ先生**、イラストの**天野**《あまの》**ちぎり先生**への、みなさまのお便りをお待ちしております。

麻生ミカリ先生のファンレターのあて先

〒112−8001　東京都文京区音羽2−12−21　講談社　文芸シリーズ出版部「**麻生ミカリ先生**」係

天野ちぎり先生のファンレターのあて先

〒112−8001　東京都文京区音羽2−12−21　講談社　文芸シリーズ出版部「**天野ちぎり先生**」係

N.D.C.913　255p　15cm

麻生ミカリ（あそう・みかり）
8月4日生まれ。獅子座、O型。
お風呂で本を読むのが好き。
バスタブの中に身を沈め、物語の世界に没頭していると、現実に帰りたくないと思うこともしばしば。難点は長湯しすぎてしまうことです。

講談社X文庫

white heart

愛《あい》夜《や》一《いち》夜《や》　捧《ささ》げられたウェディング

麻生《あそう》ミカリ

●

2014年2月5日　第1刷発行

定価はカバーに表示してあります。

発行者――鈴木　哲
発行所――株式会社　講談社
東京都文京区音羽2-12-21 〒112-8001
電話　編集部　03-5395-3507
販売部　03-5395-5817
業務部　03-5395-3615
本文印刷－豊国印刷株式会社
製本――株式会社千曲堂
カバー印刷－豊国印刷株式会社
本文データ制作－講談社デジタル製作部
デザイン－山口　馨

ISBN978-4-06-286807-5